Petra Weise

Plötzlich Zwilling

-

Der Unfall

Roman

Bibliografische Information der Deutschen Nationalbibliothek
Die Deutsche Nationalbibliothek verzeichnet diese Publikation in der Deutschen
Nationalbibliografie; detaillierte bibliografische Daten sind im Internet über
http://dnb.dnb.de abrufbar

Titelbild: Aquarell Petra Weise
Herstellung und Verlag:
BoD – Books on Demand, Norderstedt

ISBN 9-783759-761989

-

Der Zufall ist die in Schleier gehüllte
Notwendigkeit.

Marie von Ebner-Eschenbach

Plötzlich Zwilling (Teil 1)

Inhalt

Schon immer leide ich unter Albträumen. Es ist immer der gleiche Traum: Ich laufe barfuß über Felder oder durch Häuserfluchten und suche etwas. Ich weiß, dass ich es nicht finden werde, weil ich gar nicht weiß, wonach ich suche, aber ich suche trotzdem weiter. Jede Nacht aufs Neue.

Am Morgen bin ich erschöpft, als wäre ich wirklich die ganze Nacht über gelaufen. Ich weiß nicht, was dieser Traum bedeutet. Ich weiß auch nicht, was ich so schmerzlich vermisse und was mich so quält.

Dabei geht es mir gut. Ich bin neununddreißig Jahre alt, lebe in einer kleinen Mietwohnung in Chemnitz und kann mir als freier Lektor meine Zeit wunderbar einteilen.

Mein Vermieter heißt Detlef. Er ist Computer-Experte und kümmert sich um die Technik und Software für meinen Laptop und das Handy. Im Gegenzug nehme ich täglich seine Lieferungen an. Er bestellt alle technischen Ersatzteile bei Amazon. Früher wurden die Pakete mit deren Fahrzeugen geliefert, doch seit der Pandemie kommen die Pakete auch mit DHL, DPD, UPS und Hermes zu völlig unterschiedlichen Zeiten zwischen morgens 8 Uhr und abends 20 Uhr.

Der Paketbote übergibt mir einen dicken Umschlag und winkt mir zum Abschied freundlich zu. Ich schließe meine Wohnungstür und höre, wie die Haustür zuschlägt, aber nicht, dass das Türschloss schnappt. Irritiert steige ich die Stufen hinunter und kann die Haustür aufziehen, ohne die Klinke herunterzudrücken. Hatte ich den Klick hochgeschoben, der mich ohne Schlüssel das Haus betreten lässt? Das mache ich eigentlich nur, wenn ich noch einmal schnell zum Auto laufen muss. Doch heute war ich nur hinten auf der Terrasse, um meine Wäsche aufzuhängen.

Im Umschlag ist ein Buch, auf das ich schon lange warte. Das hätte locker in den Briefkasten gepasst. Warum also hat der Bote geklingelt, denn eine Unterschrift wollte er nicht. Bis zum Abend vergesse ich diese seltsame Beobachtung.

Zwei Tage später bringt mir der gleiche Zusteller wieder ein Päckchen. Und wieder höre ich, dass die Haustür zufällt, aber nicht im Schloss einrastet. Das kann kein Zufall sein. Mir wird mit einem Mal klar, dass der Mann den Klick hochgeschoben hat. Aber warum? Das will ich jetzt wissen.

Eilig laufe ich hinaus und rufe: „Hallo! Warten Sie!"

Der Paketmann schaut sich um, steigt aber trotzdem in sein Auto. Ich klopfe an die Scheibe.

Da er diese nicht herunterlässt, muss ich schreien: „Sie haben bereits zum zweiten Mal den Klick meiner Haustür verschoben."

„Nix verstehen."

„Sie verstehen mich sehr gut und ich verstehe,

dass Sie sich später auf diese Weise in mein Haus schleichen wollen."

„Muss weiter!"

„Ich werde Sie melden!", rufe ich ihm nach.

Der Mann fährt mit quietschenden Reifen davon. Am nächsten Tag kommt er nicht wieder, stattdessen eine junge Frau, die zwar freundlich ist, mich aber ebenso wenig versteht wie ihr Vorgänger. Ich mag es nicht, wenn ich mich aller paar Tage mit neuen Zustellern abfinden muss.

Gestern sah ich in der Sendung Aktenzeichen XY, wie in gleich drei Fällen beim Öffnen der Tür die Bewohner zusammengeschlagen wurden, ein alter Herr starb sogar an den Folgen dieses brutalen Überfalls. Früher brachten immer die gleichen Personen Pakete und auch die Briefpost. Man kannte sich, tauschte Grüße aus und diskutierte über das Wetter. Zu Ostern und Weihnachten schenkte ich ihnen eine kleine Flasche Sekt oder eine Schachtel Pralinen.

Heute wechseln die Zusteller innerhalb weniger Tage und verstehen kaum Deutsch. Während der Corona-Pandemie warfen sie die Päckchen einfach auf die Terrasse. Neuerdings wollen sie wieder eine Unterschrift. Manchmal. Und zwar mit dem Finger auf das kleine Display. Kein Mensch kann dieses Krakel einem Namen zuordnen.

Seit drei Tagen warte ich auf ein Paket, das längst zugestellt sein sollte. Es beinhaltet einen neuen, sehr teuren Kopfhörer, den ich übermorgen meinem Vater zum Geburtstag schenken will. Laut Paketverfolgung habe ich vorgestern die Lieferung selbst von der Packstation abgeholt. Doch das stimmt nicht. Zum Abholen braucht man eine Codenummer, mit der man das Paketfach öffnen kann. Die wird per Zettel in den Briefkasten gesteckt, falls ich nicht daheim wäre. Aber ich war daheim. Also rufe ich den Lieferanten an und erkläre ihm, dass ich das Paket noch immer nicht erhalten habe und noch immer darauf warte.

„Auftragsnummer! Kundennummer!", bellt die Stimme ins Telefon und einige Minuten später: „Sie haben es bereits vorgestern abgeholt."

„Das stimmt nicht."

„Die Zustellung ist erfolgt."

„Das stimmt nicht", wiederhole ich energischer.

„Hören Sie! Die Codenummer für die Packstation wurde Ihnen in den Briefkasten gesteckt."

„Nein!", rufe ich energisch.

„Das Paket wurde noch am gleichen Tag abgeholt. Für uns ist die Sache erledigt."

„Für mich nicht, weil ich das Paket nicht abgeholt habe."

„Das müssten Sie beweisen."

„Wie soll ich das beweisen?"

Das hört die Stimme nicht mehr, sie hat aufgelegt.

Vielleicht hat der Bote den Zettel versehentlich in einen ganz anderen Briefkasten gesteckt und diese Person holte mein Geschenk ab und freut sich über den teuren Kopfhörer. So ein dummer Zufall! Doch wie komme ich an meine Ware, die ich längst bezahlte?

„Das war kein Zufall", erklärt Detlef. „Der Zettel ist nie in deinem Briefkasten gelandet. Hast du nicht persönliche Übergabe angegeben?"

„Wie meinst du das?"

„Ich lasse alle meine Pakete an dich liefern mit dem Vermerk: Persönliche Übergabe. Dann darf der Bote keine Benachrichtigungen in den Kasten stecken."

„Aber warum?"

„Der Zusteller erkennt am Absender leicht den Inhalt der Sendung. Verstehst du?"

„Nicht wirklich."

„Du weißt, dass ich mir Computertechnik schicken lasse, auch Kameras. Das ist für die meisten Leute interessanter als ein Buch oder Kosmetikartikel."

„Glaubst du, der Kopfhörer wurde gestohlen?"

„Sicher."

„Und was mache ich jetzt?"

„Du kannst nichts machen. Den Kopfhörer siehst du nie wieder."

„Er ist schon bezahlt!"

„Wenn von deinem Konto abgebucht oder per Paypal bezahlt wurde, kannst du reklamieren, bei Kreditkarte nicht."

„So ein Mist!"

Trotzdem reklamiere ich die fehlende Lieferung schriftlich beim Hersteller, doch eine Ersatzlieferung erhalte ich nicht.

Während der Pandemie, als man gar nicht oder nur mit Maske und Test- oder Impfnachweis in einem Geschäft einkaufen konnte, habe ich den Kauf per Internet kennen- und schätzen gelernt. Die Lieferung erfolgte meist von einem Tag auf den folgenden und klappte hervorragend. Das einzige Problem für mich waren die maskierten Zusteller, weil ich immer das Gefühl hatte, sie verbergen ihr Gesicht, um nicht erkannt zu werden und mir Böses anzutun.

Detlef kauft schon immer online ein und spart sich somit zeitraubende Fahrten zu diversen Fachgeschäften. Bisher hielt ich nichts davon, zumal ich gern durch Läden bummle und vor dem Kauf alles gern anfasse. Aber per Internet ist es bequemer und die Suche nach bestimmten Artikeln leichter. Außerdem möchte ich die Läden, die mich während der Pandemie nicht einließen, nicht mehr unterstützen.

Detlef berät auch in Sicherheitsfragen und installiert Kameras und Alarmanlagen. Er braucht das für seine Firma, ich nicht. Schließlich lebe ich in einem ruhigen Wohnviertel mit zwei älteren Paaren und einer sehr alten Frau in Detlefs Haus zur Miete. Mir reichen seine wertvollen Tipps, wie ich Pakete annehmen und meinen Ausweis nicht aus der Hand geben soll. Ansonsten brauche ich Detlefs Hilfe am Computer, denn ich arbeite daheim. Ich bin freier Korrektor und Lektor für Autoren und Verlage. Ich lese Manuskripte und achte auf Inhalt, Struktur und Sprache der Texte, damit sie veröffentlich werden können. Das sind neben Romanen auch Abschlussarbeiten und Texte für Webseiten. Neuerding nutzen viele Autoren die sogenannte KI (Künstliche Intelligenz) und merken nicht, dass menschliche Fähigkeiten damit nicht ersetzt werden können. Mir ist natürliche Dummheit lieber als künstliche Intelligenz.

Detlef ist viel bei Kunden unterwegs, während ich den ganzen Tag daheim an meinem Schreibtisch sitze. Auch Detlefs Frau ist viel daheim. Aber sie kann keine Pakete entgegen nehmen, da sie im Rollstuhl sitzt. Kurz nach der Hochzeit erlitt Heike einen schweren Schlaganfall, von dem sie sich nie erholte. Zwar kann sie wieder sprechen, doch im Grunde ist sie bei allem auf Hilfe angewiesen. Sie muss sehr häufig zum Arzt, dreimal wöchentlich zur Dialyse und mehrmals im Jahr im Krankenhaus behandelt werden. Darum kümmern sich Pfleger und Fahrdienste. Detlef begleitet seine Frau nie, weil er keine Ärzte mag.

„Vertraue niemandem deine Gesundheit an, der an der Krankheit verdient!", sagt er.

„Aber du lebst davon, kranke Computer zu reparieren", kontere ich.

„Das ist Technik. Ein Mensch ist kein Computer. Heute sieht der Arzt nur die Technik und nicht den Menschen. Er sollte dem Patienten in die Augen schauen, die Haut untersuchen, zuhören und sich für die Diagnose nicht auf die Technik verlassen."

Vermutlich sind ihm Kräuter lieber als die moderne Medizin. Nur bei der Technik geht Detlef mit der Zeit, bei der Gesundheit offenbar nicht. Ich weiß, dass er Heike liebt und nicht verlieren will, doch er sagt, dass nicht alles, was medizinisch möglich ist, auch gut ist.

Nachts hockt er in seiner Werkstatt. Er tüftelt neue Programme aus, repariert Computer, richtet neue Laptops ein. Detlef ist ein Experte in der gesamten Medientechnik. Samstags trifft er sich abends mit Freunden in einem Gasthof und feiert mit ihnen bis in die frühen Morgenstunden. Mir ist schleierhaft, wann er schläft. Im Sommer verbringt er vier Wochen in Thailand. Ich finde das nicht gut, weil ich mir denke, ihm geht es nur um Sex. Doch Heike hat nichts dagegen.

„Soll er sich austoben", sagt sie. „Das ganze Jahr über kümmert er sich um mich, obwohl ich ihm nur eine Last bin."

Darauf sage ich nichts. Man will einen geliebten

Menschen nicht als Last sehen – und doch ist es nicht einfach, mit einer Schwerkranken zu leben. Ich besuche Heike nicht gern, weil ich ihr Leid nicht ertrage, vermutlich weniger als sie selbst. Sie wirkt immer fröhlich. Doch das ist sicher nur aufgesetzt. Niemand kann meiner Meinung nach fröhlich sein, wenn er im Rollstuhl sitzt und nichts allein zuwege bringt.

Kindheit

An mir stimmte alles, zumindest optisch. Ich sah aus wie alle anderen Kinder bis auf meine auffallend roten Haare, weshalb mich die Kinder Rotfuchs oder Feuermelder riefen. Mir machte das nichts aus und später sogar stolz, als ich erfuhr, dass nur zwei Prozent aller Menschen weltweit rote Haare haben. Ebenso selten sind meine bernsteinfarbene Augen.

Zu schaffen machte mir seit ich denken kann eine unbestimmte Sehnsucht, als würde mir etwas fehlen wie ein Arm oder ein wichtiges Organ. Ich fühlte mich immer sehr einsam. Zwar hatte ich einen Bruder, der drei Jahre älter ist als ich, doch meine Mutter schien nur ihn zu mögen. Sie hat mich niemals umarmt oder gar geküsst. Das hätte ich nicht vermisst, wenn ich nicht gesehen hätte, wie herzlich sie mit Stefan umging. Er machte vieles kaputt und sich ständig schmutzig, aber Mutter sagte immer: „Er ist doch ein Junge."

Von mir erwartete sie, dass ich brav und fleißig war und meine Kleider sauber hielt. Wenn Stefan fröhlich in Pfützen sprang, durfte ich nur aus der Ferne zuschauen, obwohl ich gern zu ihm gelaufen wäre.

„Mandy! Ein Mädchen tut so etwas nicht!", wurde ich täglich viele Male ermahnt.

Deshalb durfte ich auch nicht wie mein Bruder den ganzen Tag draußen spielen. Stefan hatte sogar ein Fahrrad, ich nicht einmal eine Puppe. Ich hatte nur eine Reihe Aufgaben im Haus: Staub wischen, Blumen gießen, das Klo putzen, abtrocknen, Tisch decken und abräumen, später auch einkaufen. Ich wusste mir nur so zu helfen, dass ich bei allem trödelte. Freunde durfte ich nicht ins Haus bringen, auch nicht meine einzige Freundin Doreen. Ich ließ sie manchmal heimlich in die Wohnung, wenn die Eltern auf Arbeit waren. Mutter war Lehrerin, Vater Maurer. Doch Mutter kam nicht wie andere Lehrer mittags nach Hause, weil sie Parteisekretär in der Schule war und nahezu täglich irgendwelche Versammlungen und somit kaum Zeit für ihre Familie hatte. Vater schimpfte manchmal über die Scheißparteiarbeit. Später erfuhr ich, dass Mutter auch Berichte über das Verhalten der Schüler schrieb, weil es über jedes Kind eine Akte gab.

„Wegen deines frechen Mundwerks wirst du es nie zu etwas bringen, weil du nie studieren darfst", prophezeite sie mir.

Aber das verstand ich damals noch nicht. Sicher wurden diese Akten nach der Wende abgeschafft.

Nach der Wende wurde vieles anders. Ich kam in die Schule und Mutter mit dem Leben nicht mehr zurecht. Sie glaubte nach wie vor, der Sozialismus sei das einzig wahre System und war erbost darüber, dass sämtliche Lehrbücher ausgetauscht wurden und sie ab sofort die Werte des einstigen Feindes unterrichten sollte. Sie musste in eine andere Schule, weil es die Schule, die sie kannte, in dieser Form nicht mehr gab. Auch Stefan hatte plötzlich Probleme mit dem neuen Schulsystem, weil nichts mehr so eindeutig war wie zuvor. Früher gab es nur ein Richtig, alles andere war falsch. Plötzlich gab es mehrere Möglichkeiten und er wusste nicht, welche Antwort von ihm erwartet wurde. Ich merkte von alldem nichts und war nur glücklich, endlich lesen zu lernen.

Da ich immer im Haus bleiben musste, las ich viel. Mich interessierte alles, besonders Geschichten über Schwestern, denn ich wünschte mir sehnlichst eine Schwester. Mein Lieblingsbuch war *Das doppelte Lottchen* von Erich Kästner. Darin lernen sich zwei neunjährig Mädchen in einem Ferienlager kennen und stellen fest, dass sie Zwillinge sind. Als sich die Eltern trennten, kam ein Mädchen zum Vater, das andere blieb bei der Mutter. Am Schluss der Ferien tauschen sie die Rollen. Die Eltern merken nichts, weil beide völlig gleich aussehen, aber unterschiedliche Charaktere haben. Ich kannte das Buch fast auswendig und las es doch immer und immer wieder. So eine Zwillingsschwester wünschte ich mir von ganzem Herzen, eine, die genauso aussieht wie ich, die genau so redet und mit den gleichen Dingen spielt wie ich. Ich spielte gern mit meinen Händen, da ich keine eigenen Spielsachen besaß. Dabei gab ich jedem Finger einen Namen und ließ sie in einem Kinderheim wohnen. Mit meiner Hand schlug ich derb auf meine Finger und stellte mir vor, es sei eine ganz böse Erzieherin.

Auch Mutter schlug mich. Sie hatte ihre Prinzipien und mochte keine Widerrede. Aber ich *musste* etwas entgegnen, sonst wäre ich geplatzt. Mich machte vieles wütend: wenn Mutter schimpfte oder überhaupt nicht mit mir sprach, wenn Stefan nach draußen durfte, während ich abwaschen musste, wenn Vati mich nicht vor Mutters Schlägen schützte. Eigentlich machte mich alles wütend. Anfangs warf ich dann im Zorn etwas zu Boden. Doch dafür setzte es Ohrfeigen von Mutter und ich musste die Scherben der zerbrochenen Tasse auffegen und die Pfütze der vergossenen Milch wegwischen. Ich musste immer alles tun, was Mutter von mir verlangte und alles aufessen, was auf dem Teller war, auch das Fleisch, vor dem ich mich schrecklich ekelte.

„Ich hole den Quirl, wenn du nicht sofort runterschluckst!", drohte sie.

Und jeden Tag musste ich eine Tasse heiße Milch mit Honig trinken. Sobald ich die Haut auf der Milch sah, wurde mir übel.

„Wage nicht zu spucken!", drohte sie und blieb neben mir, bis ich die Tasse ausgetrunken hatte, weil Milch wichtig für die Knochen ist.

Bis heute mag ich weder Fleisch noch Milchprodukte. Kartoffeln oder Nudeln mit allerlei Gemüse sind mir am liebsten. Ein vietnamesischer Spruch sagt: *Ein Essen ohne Gemüse ist wie eine Beerdigung ohne Leiche.* Das klingt makaber, aber genau so sehe ich das auch.

Wenn ich vor dem Spiegel oder einem Fenster stand, wo sich mein Gesicht in der Scheibe spiegelte, sprach ich mit meiner erfundenen Zwillingsschwester, als stünde sie mir gegenüber. Stefan hat mich einmal dabei beobachtet und ausgelacht. Er erzählte Mutter davon und die schimpfte, dass sie keine Fantastereien im Haus dulde.

Vati nannte mich seine kleine Träumerin. Er sprach nicht viel. Wir verstanden uns auch ohne Worte, während Mutter viel redete. Ich gehorchte, doch innerlich widersprach ich nahezu allem, was sie von mir verlangte. Sie schimpfte, wenn ich mit schmutzigen Schuhen und Hosen nach Hause kam, weshalb ich aus Trotz extra in eine Pfütze sprang. Die Schläge für meine Unart nahm ich in Kauf. Trotzdem machte es mir ein schlechtes Gewissen, wenn ich mich freute, während sich Mutter ärgerte, aber es brachte mir gleichzeitig eine innere Befriedigung.

Manchmal flüchtete ich in eine Krankheit, natürlich nicht bewusst. Aber heute weiß ich, dass gesundheitliche Probleme durch die Psyche ausgelöst werden, zum Beispiel durch Kummer. Ich hatte oft Fieber, Mandelentzündungen und Bronchitis, was mir zeitweise Ruhe vor der vielen Hausarbeit verschaffte.

Da ich meine Nase so gern in Bücher steckte, studierte ich nach dem Abitur Germanistik. Eigentlich wollte ich Journalist werden, aber das Praktikum bei einer Zeitung hat mir überhaupt nicht gefallen und bezahlt wurde es auch nicht. Ich wollte endlich Geld verdienen. In dieser Zeit bat mich meine alte Freundin Doreen, ihre Bachelor-Arbeit zu korrigieren. Danach kamen weitere Anfragen, für die ich pro Seite zwei Euro verlangte. Am Ende fand ich, dass ich von Korrekturen leben kann und erweiterte mein Angebot auf Lektorat, wobei ich gut dreimal so viel verdienen konnte.

Besondere Freude macht mir das Lektorieren von Romanen, obwohl ich dabei nicht so leicht und schnell verdiene wie an Texten für Webseiten und

Firmenschriften. Lektorieren macht mehr Arbeit als das reine Korrigieren der Rechtschreibung. Ich achte darauf, ob die Handlung schlüssig ist, Dialoge authentisch und die Geschichte logisch wirken und mache Vorschläge für Verbesserungen.

Detlef bastelte mir eine wunderbare Internetseite, über die ich viele Kunden gewinne.

Selbst Romane schreiben möchte ich nicht. Mir fehlen die Ideen und es würde zu lange dauern bis zur Veröffentlichung. Vielleicht gelängen mir Kurzgeschichten. Ich weiß es nicht und will es auch nicht versuchen. Außerdem weiß ich, dass die Leser sowieso etwas ganz anderes herauslesen, als der Autor hineingeschrieben hat.

Buchmesse

Im März fahre ich nach Leipzig zur Buchmesse, um Kontakte mit Autoren zu pflegen und meine Dienste Verlagen und Agenturen anzubieten. Dieses Klinkenputzen ist nicht leicht, da Verlage nur an Buchhandlungen interessiert sind und diese nur an Verlagen. Agenturen raten zwar ihren Autoren, ihr Werk von einem Lektor bearbeiten zu lassen, doch sie vermitteln in der Regel keine Kontakte. Trotzdem fühle ich mich wohl auf der Messe zwischen all den vielen Büchern, Autoren und Lesern.

Bei einem kleinen Verlag bleibe ich stehen, weil ich seine Auslagen interessant finde. Die Titelbilder unterscheiden sich angenehm von denen der großen Verlage, denn es gibt Groß- und Kleinschreibung und klare Bilder und Farben. Ich mag das übertrieben Künstlerische nicht, das vielleicht gut aussieht, aber oft kaum zu lesen ist.

„Ah! Frau Michalek!"

Ein Herr im grauen Anzug stürzt auf mich zu und macht Anstalten, mich zu umarmen. Das mag ich gar nicht, weshalb ich hastig einen Schritt zurücktrete. Nun reißt er beide Arme hoch und erfasst mit seinen beiden Händen meine rechte Hand.

„Es freut mich außerordentlich, dass Sie bereits heute kommen konnten."

„Neumann", stelle ich mich vor und warte darauf, dass auch er seinen Namen nennt.

Vermutlich habe ich für einen seiner Autoren schon einmal Korrektur gelesen oder das Lektorat übernommen. Leider erinnere ich mich nicht mehr. Das kommt daher, dass ich nicht zu jedem Autor einen persönlichen Kontakt habe.

„Hier habe ich Ihr neues Buch präsentiert."

Er zeigt mit einer weiten Geste über alle aufgestellten Bücher, nimmt eines davon auf und drückt es mir in die Hand.

„Sehen Sie! Wie entzückend!"

Ich sehe. Doch ich verstehe diese seltsame Verkaufstaktik nicht. *Mein Glück blieb in Ligurien* lautet der Titel, was ich ziemlich kitschig finde. Doch das Foto von einem kleinen Bauernhaus mit einem Olivenbaum davor ist sehr geschmackvoll. Die Autorin Mia Michalek kenne ich nicht. Mia Michalek. Was für ein blöder Name! Sicher ein Pseudonym. Ich habe nichts übrig für Leute, die sich hinter einem falschen Namen verstecken und dann noch so einen, der wie ein alberner Kinderreim klingt.

Ligurien, denke ich verträumt. Ich mag die Gegend im Nordwesten von Italien so gern, dass ich dort in jedem Jahr meinen Urlaub verbringe, immer im September und immer im gleichen Strandhotel in Rapallo. Nur deshalb drehe ich das Buch um und lese den Klappentext: „Mein Glück begann in Ligurien und endete, als ich nach Deutschland zurückkehren musste." Das klingt nach einer kitschigen Liebesschmonzette, also nicht das, was ich gern lese. Ich reiche dem Mann das Buch zurück. Er klappt es auf.

„Schauen Sie!" Er hält mir die Seite unter die Nase und nötigt mich, das Buch noch einmal zur Hand zu nehmen. „Ihr Foto haben wir wie gewünscht getauscht. Sind Sie zufrieden?"

Fast hätte ich das Buch fallen gelassen, denn das Foto zeigt mich. Mich!

„Wo haben Sie das Bild her!", herrsche ich den Mann an.

„Aber, liebe Frau Michalek, das haben Sie selbst ausgewählt. Wissen Sie nicht mehr?"

„Nichts habe ich ausgewählt. Außerdem ist mein Name nicht Michalek, sondern Neumann."

„Ich bitte Sie!", ruft der Mann lachend aus. Dann ändert sich seine Miene und er fügt ernst hinzu: „Bitte unterlassen Sie Ihre Scherze!"

„Nun sagen Sie endlich, woher Sie mein Foto haben! Und wer hat Ihnen erlaubt, es unter falschem Namen zu veröffentlichen?"

„Aber Frau Michalek! Ich verstehe nicht."

Ich betrachte das Foto genauer. Meine Haare sind auf dem Bild etwas länger und heller, fast blond statt rotbraun, was man leicht retuschieren kann, wodurch meine bernsteinfarbenen Augen noch besser zur Geltung kommen. Ich trage meine blaue Lieblingsbluse, auf der bunte Streublümchen gedruckt sind.

„Wir schlugen Ihnen einfarbige helle Kleidung vor, weil Muster irritieren ... Aber ich finde, es sieht gut aus."

„Wer sind Sie überhaupt?", entfährt es mir.

„Messner. Mein Name ist Messner. Ich bin der Inhaber dieses Verlages und Sie", er räuspert sich verlegen, „respektive Frau Michalek, meine Autorin."

„Und mein Foto? Wie kommen Sie zu meinem Foto?"

„Das ist ... Das ist Ihr Foto, das Sie unbedingt in Ihrer Vita haben wollten."

„Ja, das ist auf jeden Fall mein Foto. Aber es gehört nicht in die Vita dieser Frau", ich schaue auf den Umschlag, „dieser Frau Michalek."

„Aber Sie sind doch Frau Michalek?", fragt Herr Messner zögernd.

„Nein. Ich bin Mandy Neumann, freie Korrektorin und Lektorin. Hier ist meine Karte."

Ich übergebe Herrn Messner meine Visitenkarte, auf der ebenfalls ein Foto von mir aufgedruckt ist.

„Diese Ähnlichkeit!", ruft er aus. „Verblüffend. Tatsächlich verblüffend. Das sieht man sonst nur bei eineiigen Zwillingen oder Doppelgängern. Darüber gibt es einen guten Psychothriller. Kennen Sie *Der Doppelgänger* von Dostojewski? Interessant. Sehr interessant. Lesenswert."

Der Mann schwatzt weiter, doch in meinem Kopf hat sich das Wort Zwilling festgesetzt, zumal ich Doppelgänger für Unsinn halte. Aber ein Zwilling ist ebenfalls Unsinn. Ich weiß genau, dass ich keine Schwester habe, nur einen drei Jahre älteren Bruder.

„Sie hören von meinem Anwalt", sage ich sehr laut und gehe mit hoch erhobenem Kopf davon.

Solch eine billige Drohung habe ich bisher noch nie ausgesprochen, doch anders wusste ich mir nicht zu helfen. Auf jeden Fall muss ich der Sache nachgehen, denn der Mann schien tatsächlich zu glauben, ich sei diese Autorin Michalek.

Zwilling. Das Wort kreiselt durch meinen Kopf und bringt mich ganz durcheinander. Ich kann mich kaum auf die Straße konzentrieren, weshalb ich während der Heimfahrt falsch abzweige. Ich merke es erst, als sich mein Handy ausschaltet, weil ich in ein Funkloch geraten bin. Mich wundert, dass es heutzutage noch Gegenden ohne zuverlässige Verbindung gibt.

Viele Jahre lang sträubte ich mich gegen ein Navi. Schließlich bin ich in der Lage, Karten zu lesen und mich somit auch in unbekannten Gegenden zurechtzufinden.

Heute besitze ich eine App auf meinem Handy und möchte sie nicht mehr missen. Der einzige Nachteil ist, dass ich mit dem Navi nicht mehr weiß, wo ich mich gerade befinde, in welcher Richtung mein Ziel ist und wie die umliegenden Dörfer und Städte heißen. So wie jetzt. Ich bin ohne Karte komplett aufgeschmissen, da ich nicht weiß, wohin ich abbiegen müsste. Die Straßenschilder nennen nur das nächste Dorf, dessen Name mir gar nichts sagt. Warum bin ich nicht mit dem Zug gefahren, zumal zwischen Chemnitz und Leipzig jede Stunde ein Zug fährt?

Ich sehe in der Ferne das Zeichen einer Tankstelle. Endlich! Dort wird man mir weiterhelfen. Außerdem brauche ich dringend Diesel und fahre erfreut näher. Aber die Tanke ist geschlossen. Kein Mensch auf der Straße, den ich fragen oder um Hilfe bitten könnte, nur dunkle Häuser, die ihre Rollläden längst heruntergelassen haben. Einzelne Straßenlampen leuchten matt, eine davon flackert. Hier gibt es nicht einmal Bürgersteige, die man hochklappen könnte.

Was mache ich nur? Die Gegend ist flach. Es gibt nur Felder. Doch weit sehen kann ich nicht, weil es bereits zu dunkel ist. So langsam kriecht ein ungutes Gefühl in mir hoch und vor allem Kälte. Das Thermometer im Auto zeigt fünf Grad an und ich trage nur meine Kostümjacke, um zur Messe nicht unnötig viel mit mir herumzuschleppen.

Ich klingle an der nächsten Tür.

„Mir lähm da in dor Bamba. Hier is nüscht. Gehnse da nübor, da is Empfang." (Wir leben hier in der Pampa/Einöde. Hier gibt es nichts. Gehen Sie dorthin, dort ist Empfang.)

Der Mann zeigt ins Dunkle, wo keine Lampe mehr ist. Ich setze mich ins Auto, doch mein Handy reagiert nicht. Ich steige aus und gehe ein paar Schritte einen kaum sichtbaren Pfad entlang, der leicht ansteigt. Es nieselt. Auch das noch! Mein linker Schuh versinkt in einer Pfütze. Mist! Endlich leuchtet das Display grau auf, aber keine Karte. Ich muss die App neu laden und vertippe mich mehrmals. Am liebsten würde ich die blöde Technik ins Feld schmeißen. Aber ich kann mich beherrschen, obwohl mich die Linien auf dem Bildschirm irritieren. Glaubt mein Handy, dass ich jetzt laufen will?

Ich rufe Detlef an, aber der geht nicht ans Telefon. Sicher ist er im Gespräch mit einem Kunden, obwohl Samstag Abend ist. Er ist ein Nachtmensch, steht aber trotzdem morgens zeitig auf, um seine Frau zu versorgen. Kurz packt mich Zorn auf Heike, weil sie nur ans Telefon geht, um selbst anzurufen, Detlef oder einen Arzt. Im gleichen Moment beruhige ich mich wieder, weil sie mir leid tut. Sie hat genug Probleme mit sich selbst und blockt alles ab, was sie von außen stören könnte. Heute könnte sie wirklich mal eine Ausnahme machen und meinen Anruf annehmen.

Mir bleibt nichts anderes übrig, als einfach weiterzufahren. Chemnitz ist von Leipzig keine hundert Kilometer entfernt. So weit sollte mein Sprit reichen, falls ich nicht in die gänzliche falsche Richtung gefahren bin. Und irgendwo wird ein Schild die Autobahn oder Chemnitz anzeigen.

Suche

Mir lässt die Sache mit der Autorin, die genauso aussieht wie ich, keine Ruhe und ich google ihren Namen. Mia Michalek. Bei Wikipedia gibt es keinen Eintrag, aber ich finde drei weitere Buchtitel von ihr, doch kein Foto. Geboren wurde sie in Erfurt, ein genaues Datum ist leider nicht angegeben. Ich hätte den Mann – wie hieß der doch gleich? - nach dem Geburtsdatum fragen sollen. Auf Facebook ist diese Mia nicht, auch nicht auf Instagram. Vermutlich hat sie keine Werbung nötig. Ich werde den Verlag anrufen und mir ihre Daten geben lassen. Sollte sie am gleichen Tag wie ich Geburtstag haben ... Nein, es ist albern, zu denken, diese Frau sei mein Zwilling. Wenn ich solch eine Geschichte lesen würde, würde ich sie als Unsinn abtun. Das Foto kann mir allein durch Retuschieren ähnlich sehen. Derartige Zufälle gibt es nicht, auch nicht für Autoren, die ihre Geschichten erfinden. Andererseits sprach mich der Verleger mit Frau Michalek an. Das ist wirklich äußerst seltsam.

Ich kann an nichts anderes mehr denken und rufe einige Tage später Mutter an und frage, ob ich sie am Sonntag besuchen darf.

„Wir werden im Garten sein, es soll sommerlich warm werden, Montag sogar dreißig Grad."

Anfang April war es noch niemals derart heiß. Aber ich sage nichts dazu.

„Komm 15 Uhr in den Garten und bringe Kuchen für vier Personen mit."

„Ich würde lieber allein mit dir reden."

„Sei pünktlich!", befiehlt Mutter und legt auf.

Ich konnte nicht mehr fragen, für wen der Kuchen bestimmt ist, denn Vater wohnt schon lange nicht mehr daheim. Mich hat die Trennung meiner Eltern damals sehr mitgenommen, obwohl sie sich ständig stritten. Mutter beschimpfte Vater als Prolet, weil er Maurer ist und Vater lachte Mutter aus, weil sie mit fremden Kindern spielt statt ordentlich zu arbeiten. Männer vom Bau sind die wirklichen Kerle, sie strotzen vor Kraft, sind braungebrannt und haben ein ausgeprägtes Selbstbewusstsein. Vater sagte immer deutlich seine Meinung, Mutter auch. Doch selten waren sie sich einig, weshalb es fast täglich Streit gab. Dann haute er mit der Faust auf den Tisch und setzte sich vor den Fernseher oder ging in den Gasthof, während Mutter schrie und weinte und uns Kindern sagte, dass sie sich von diesem Monster trennt. Monster nannte sie ihn. Er nannte sie Giftkröte.

„Geh mir endlich aus den Augen!", schrie sie Vater oft an. „Und komme nicht so schnell wieder. Am besten gar nicht."

Und genau das hat Vater eines Tages gemacht. Das traf mich mehr als meine Eltern, obwohl ich die niederträchtigen Streitereien fürchtete und zutiefst hasste.

*****

Kuchen für vier Personen. Vermutlich ist Stefan im Garten mit seiner neuen Frau. Sie heißt Sibylle. Die beiden haben keine Kinder zusammen, Stefans Töchter aus erster Ehe wachsen bei ihrer Mutter auf. Ich mochte sie, jedenfalls mehr als

Sibylle.

Es ist tatsächlich sommerlich warm, etwa fünfundzwanzig Grad. Stefan werkelt im Garten und winkt mir zu. Mutter sitzt am Tisch in der prallen Sonne und schaut gebannt auf die Karten, die Sibylle ausgebreitet hat. Sibylle glaubt, sie kann mit Tarot-Karten die Zukunft vorhersagen, allein deshalb, weil sie Sibylle heißt. Dem Mythos nach ist Sibylle eine Prophetin.

„Ich lege dir jetzt die Karten", kündigt sie an.

„Vielleicht später", versuche ich, sie zu bremsen.

Sibylles Vorhersagen treten zwar nicht ein, trotzdem finde ich ihre Orakel lustig, zumal sich Sibylle meist doppeldeutig ausdrückt.

„Ich habe ein Problem, das ich mit Mutter besprechen muss."

„Muss?" Mutter runzelt die Stirn. „Decke zuerst den Tisch und setze Kaffee auf!"

Gehorsam gehe ich in die Laube, packe meinen Kuchen auf einen großen Teller und trage das Kaffeegeschirr hinaus.

„Stefan sollte den Sonnenschirm aufspannen. Ich mag nicht in der prallen Sonne sitzen."

„Aber ich!", ruft Sibylle aus.

Mutter lächelt sie an und ich füge mich seufzend.

„Was wolltest du so dringend von mir?", bellt Mutter. „Beeil dich! Wir haben nicht den ganzen Nachmittag Zeit für deinen Unsinn."

Ich versuche zu lächeln und mir die Kränkung nicht

anmerken zu lassen.

„Meine Geburtsurkunde."

Dabei ist das unnötig, weil ich weiß, was darin steht: Mandy Neumann, geboren am 24.02.1984 in Karl-Marx-Stadt (heute Chemnitz) und die Namen meiner Eltern.

„Willst du heiraten? Wird auch Zeit! Immerhin bist du schon Vierzig, wo normale Frauen schon Enkel haben."

„Ich muss mit dir reden."

„Bist du schwanger? Bissel spät, was?"

Ich schüttle den Kopf, hole tief Luft und sage: „Es gibt eine Frau, die mir zum Verwechseln ähnlich sieht. Wie ein …" Ich räuspere mich. „Wie ein Zwilling."

„Und?", fragt Mutter.

„Habe ich eine Schwester? Eine Zwillingsschwester?"

„So ein Quatsch!"

Stefan lacht und tippt mit dem Finger an die Stirn.

„Du spinnst! Woher soll plötzlich dein Zwilling kommen?"

„Soll ich dir *jetzt* die Karten lesen?", fragt Sibylle.

„Du hast mir nie etwas über meine Geburt erzählt."

„Da gibt es nichts zu erzählen. Du bist am 24. Februar 1984 in Karl-Marx-Stadt geboren. Mehr gibt es dazu nicht zu sagen."

„Aber …"

„Kein Aber! Punkt. Das Thema ist beendet."

Mutter macht immer klare Ansagen, doch sie erklärt auch gern. Warum sie jetzt das Thema so abrupt beendet, wundert mich. Sie beobachtet konzentriert ihren Löffel, mit dem sie in ihrem Kaffee rührt, obwohl sie ihn immer schwarz und ohne Zucker trinkt. Das Geräusch, dieses Kratzen des Löffels in der Tasse fährt mir direkt in den Kopf. Am liebsten würde ich ihr den Löffel aus der Hand reißen, aber das wage ich nicht. Natürlich nicht. Jetzt leckt sie den Löffel ab. Gleich zwei Mal.

„Ich kann mich nicht an dich als Baby erinnern", sagt Stefan nachdenklich. „Wir haben auch keine Fotos. Erst ab ungefähr zwei oder drei."

„Halt den Mund!", befiehlt Mutter und schaut Stefan strafend an. „Du warst viel zu klein, um dich an das Theater mit deiner Schwester zu erinnern. Sie hat nur geheult. Furchtbar."

„Ja, sie hat viel geweint, das weiß ich noch. Deshalb schenkte ich ihr meinen Teddy. Aber da ging ich schon fast zur Schule."

„Du bringst alles durcheinander", tadelt Mutter.

„Du hast den Teddy an dich gedrückt", erzählt Stefan weiter, „als hinge dein Leben davon ab. Am liebsten hätte ich ihn dir wieder weggerissen. Du hast dein Gesicht in dem Plüschding vergraben und dich in eine Ecke verkrochen. Von uns wolltest du nicht angefasst werden, hast immer *nein* gebrüllt, als wollten wir dir was tun. Im Nachhinein denke ich, das hat Mutter gekränkt."

„So ein Unsinn!", empört sich Mutter. „Ich bin Erzieherin und weiß sehr genau, wie man mit Kindern umgeht. Du …", sie zeigt mit dem Finger auf mich, „wolltest deine Ruhe und hast sie bekommen."

Ich erinnere mich an viele einsame Stunden im Kinderzimmer. Später verkroch ich mich dahin freiwillig, wenn ich keine Aufgaben im Haushalt zu erledigen hatte. Als ich später lesen konnte, wurde mein Leben leichter, weil ich mich in die Geschichten der Bücher flüchtete.

„Soll ich dir die Karten legen?", wiederholt Sibylle ihre Frage noch einmal.

„Heute nicht, weil Mandy sicher gleich gehen will. Sie hat ja immer so viel Arbeit."

Mutter hat mein Lektorieren noch nie als Arbeit bezeichnet. Sie ist der Meinung, dass man sich nicht an fremden Texten vergreift, sondern selbst schreibt, wozu ich sowieso nicht in der Lage sei. Das hat mich früher sehr gekränkt, doch heute stehe ich drüber. Ich verdiene zwar nicht allzu viel, aber zum Leben reicht es.

„Und die Geburtsurkunde?"

„Kannst du haben. Hole sie am Montag gegen 18 Uhr bei mir ab!"

Damit bin ich entlassen und winke zum Abschied, da keiner Anstalten macht, mich zu umarmen oder wenigstens die Hand zu reichen.

Unterwegs gehen mir Stefans Worte nicht aus dem Kopf. Er kann sich nicht an mich als Baby erinnern und Fotos von mir als Baby gibt es auch nicht. Da es Aufnahmen von Stefan als Baby und Kleinkind gibt, sollte es eigentlich auch welche von mir geben. Was bedeutet das? Vielleicht wollten meine Eltern noch einen zweiten Jungen und waren enttäuscht, dass ich ein Mädchen war oder genervt, weil ich so viel weinte und haben mich deshalb nicht fotografiert.

Doch all das erklärt nicht, weshalb es eine Frau gibt, die mir gleicht wie ein Ei dem anderen.

Mutter zeigt auf den Tisch, wo meine Geburtsurkunde liegt.

„Für dich. Nimm sie mit!"

Auf dem Papier sind beide Eltern als meine leiblichen Eltern eingetragen.

„Bist du jetzt zufrieden?"

Ich nicke.

„Es gab also wirklich keinen Zwilling?"

„Sag ich doch."

„Wieso gibt es aber diese Frau, die genauso aussieht wie ich?"

„Das weiß ich doch nicht."

„Bitte zeige mir das Fotoalbum von mir und Stefan als Kinder!"

„Ich weiß nicht, ob ich das noch habe. Vielleicht hat es dein Vater mitgenommen oder es ist beim Umzug verloren gegangen. Und jetzt hör auf, mich zu nerven!"

Ich spüre, dass Mutter lügt und sage ihr, dass ich Lügen hasse.

„Lügen gehören zum Leben dazu."

„Nein! Kein normaler Mensch mag Lügen."

„Du irrst dich", gibt sie leise und boshaft zurück.

„Nur Wahnsinnige ertragen keine Lügen."

Mutter glaubt also, ich sei krankhaft wirr im Denken und Handeln. Oder meint sie, dass ich Dinge sage, die nicht der gesellschaftlichen Norm entsprechen? Mir fällt nichts ein, was ich entgegnen könnte, packe stumm meine Geburtsurkunde in die Tasche und gehe.

Mir kommt das alles seltsam vor. Ist es möglich, dass ich ein Zwilling bin? Habe ich mich deshalb immer so allein gefühlt, weil mir meine zweite Hälfte fehlte? Eigentlich spricht man nur bei Paaren von der zweiten oder besseren Hälfte. Aber man sagt auch, dass sich Zwillinge bereits im Mutterleib kennen, an den Händen halten und sogar küssen. Ich weiß nicht, ob das stimmt. Aber falls dies wirklich stimmt, wäre bereits die Geburt für die Zwillinge ein furchtbarer Trennungsschock.

Seit ich denken kann, habe ich mich nach einer Schwester gesehnt. Ist es möglich, dass ich insgeheim wusste, dass es sie tatsächlich gibt? Habe ich deshalb als Baby oder Kleinkind so viel geweint? Ich weiß noch, dass es in meiner Grundschulklasse ein Zwillingspaar gab, das ich glühend beneidete. Ich sehnte mich schon immer nach je-

mandem, der so ist wie ich und mich ohne Worte
versteht.

Zusammentreffen

„Mein Name ist Mia Michalek", höre ich im Telefon
eine Stimme, die genauso klingt wie meine.
Meine Kehle ist wie zugeschnürt. Ich kann nichts
sagen.
„Sind Sie noch dran?"
„Ja", krächze ich.
„Mein Verleger hat mir Ihre Karte gegeben und ge-
sagt, er hat Sie mit mir verwechselt, weil wir uns so
ähnlich sehen."
„Stimmt."
„Ich habe Ihre Website besucht und finde auch,
dass wir aussehen wie Zwillinge. Halten Sie das
für möglich?"
„Eher nicht." Ich räuspere mich. „Wann sind Sie ge-
boren?"
„Am 24. Februar 1984."
„Ich auch. In Karl-Marx-Stadt."
„Ich in Erfurt."
„Erfurt", sage ich enttäuscht. „Dann sind wir leider
keine Zwillinge."
„Aber eigentlich gibt es keine andere Erklärung."
„Ich habe meine Mutter gefragt. Sie schwört, dass
sie keine Zwillinge bekommen hat."

„Ich kann meine Mutter nicht fragen, weil sie schon vor Jahren gestorben ist."

„Oh, das tut mir leid."

„Vielleicht wurden wir adoptiert."

„Daran habe ich auch schon gedacht, doch auf meiner Geburtsurkunde sind meine Eltern als meine Eltern eingetragen."

„Bei mir auch."

„Glauben Sie, dass wir verwandt sind?"

„Eher nicht. Ich kenne meine Familie."

„Ich auch. Mir ist das alles unheimlich."

„Mir auch."

„Es heißt, dass jeder Mensch auf der Welt einen Doppelgänger hat."

„Aber wohl nicht einen, der auch am gleichen Tag Geburtstag hat."

„Nein. Wohl nicht. Vielleicht sind wir tatsächlich Zwillinge und wurden nach der Geburt getrennt. Ich wünsche mir schon immer eine Schwester und würde Sie sehr gern kennenlernen. Wäre das für Sie in Ordnung?"

Frau Michalek denkt nach.

„Ja, wir sollten uns treffen und zwar so schnell wie möglich. Würden Sie nach Erfurt kommen? Gleich am Montag?"

Wir verabreden uns in einem Café in Erfurt. Werde ich diese Frau, die vielleicht mein Zwilling ist, mögen?

Vor mir steht eine große schlanke Frau mit rotbraunen Locken und bernsteinfarbenen Augen, die wie meine leicht geschminkt sind. Frau Michalek sieht genauso aus wie ich. Wir haben die gleichen Nasen, die gleichen Augen, die gleichen gepflegten Zähne, sogar den gleichen Kleiderstil und auch die gleiche Kleidergröße. Sie trägt Jeans, eine hellblaue Bluse mit gelben Streublümchen und eine dunkelblaue Jacke. Es ist, als würde ich mich selbst anschauen, nur, dass meine Bluse keine Streublümchen, sondern gelbe Punkte hat.

Ich hatte mir viele Gedanken gemacht, wie ich sie begrüßen und anreden soll. Doch dann ist es ganz einfach. Wir umarmen uns, als würden wir uns schon ewig kennen.

„Ich bin Mia."

„Und ich die Mandy." Mich überkommt ein heißes Gefühl im ganzen Körper. Ich könnte heulen vor Glück, obwohl ich eigentlich überhaupt nicht sentimental bin. „Du hast mir all die Jahre gefehlt – ich wusste es nur nicht. Jetzt erst fühle ich mich vollständig."

Wir setzen uns an einen Tisch am Fenster und bestellen Kaffee und beide Pflaumenkuchen. Ich betrachte meine Schwester und finde sie wunderschön. Sehen mich die Leute, die mich anschauen, auch so, wie ich Mia sehe?

Mia und ich fallen uns ständig ins Wort. Jede will der anderen aus ihrem Leben erzählen und immer wieder hören: bei mir war das auch so! Ich will alles über Mia wissen und frage sie zum Beispiel, ob sie auch so gern Spaghetti mit Blumenkohl isst. Nudeln mögen die meisten Menschen, doch die wenigsten mit Blumenkohl. Beide mochten wir als Kind kein Fleisch und vertrugen keine Milch.

„Bei meiner Mutter musste ich alles essen, was auf dem Teller war. Sie war sehr streng, nur mit meinem Bruder nicht. Ich habe mir schon immer eine Schwester gewünscht und mit meinem Spiegelbild gesprochen."

„Und ich habe mich an meine Mama geklammert. Ich hatte immer Panik, dass sie mir weggenommen wird."

Das spricht für große Verlustangst.

„Ich habe mich nach dir gesehnt, obwohl ich gar nicht wusste, dass es dich gibt."

Mia lächelt und runzelt gleichzeitig die Stirn.

„Glaubst du wirklich?" Mia denkt nach. „Kann man spüren, dass man in der falschen Familie lebt?"

Ich habe mir nie Gedanken über meine Eltern oder meinen Bruder gemacht. Sie waren einfach da. Mia dagegen wunderte sich schon früh, dass sie nicht wie ihr Vater das Fernweh kannte und auch nicht so musikbesessen wie ihre Mutter war. Sie hatte weder ihr Talent fürs Klavierspiel noch zum Malen und auch kein Interesse daran.

Seit sie selbst Kinder hat, erkennt sie mit Freude, welcher der Jungs mehr von seinem Vater hat oder mehr von ihr. Der Große mit seinen fast schwarzen Haaren und dem kräftigen Körperbau kommt eindeutig nach seinem Vater, während der Jüngere eher feingliedriger gebaut ist, rotbraune Locken hat wie Mia und ihr Gespür für Worte und Ausdruck.

Als Teenager trugen wir Jeans und dunkle Pullis. Erst ab Mitte Zwanzig bevorzugten wir helle Blusen und Shirts mit Blümchenmuster und dazu einen grauen oder blauen Anzug. Parfüm mögen wir beide nicht.

Ich trug meine Haare kurz, weil Mutter es praktisch fand, Mia ließ ihre Haare wachsen, weil ihre Mama ihre Locken so liebte. Sie trug sie gern zu einem Pferdeschwanz zusammengebunden und war stolz auf ihre langen roten Haare.

Beide hatten wir in Mathe und Sport eine Vier auf dem Zeugnis, aber in Deutsch, Englisch und Italienisch eine Eins.

Ich bin kein Naturmensch, ich brauche die Stadt. Auch Mia hat immer in der Stadt gelebt, weil es hier Spielplätze für die Kinder gibt, Kinos, Straßenbahnen und Einkaufscenter. Inzwischen sind ihre Jungs zu groß für Spielplätze und Zoos. Ich mag keine Zoos mit seinen Tieren hinter Gittern. Eigentlich mag ich überhaupt keine Tiere, keine Regeln und keinen Schmutz. Tiere und Kinder brauchen Regeln und machen Schmutz. Ich will keine Tiere im Haus und auch keine Kinder. Mittlerweile hocken Mias Söhne vor dem Computer und daddeln auf ihren Handys.

Beide beobachten wir gern die Menschen um uns und denken uns aus, welche Arbeit zu ihnen passt, ob sie Kinder haben und treu sind.

Wir besuchen beide in jedem Jahr die Leipziger und Frankfurter Buchmesse und hätten uns bereits schon viel früher begegnen können. Ich male mir aus, wie es gewesen wäre, wenn sie mir an einem Messestand, in einem Café oder auf der Toilette plötzlich gegenüber gestanden und ich wie mich selbst gesehen hätte.

Einmal im Jahr fährt sie mit ihrer Familie an den Strand nach Italien, nach Ligurien, wo auch ich meinen Urlaub verbringe. Nur nicht zur gleichen Zeit, weil ich im September reise und Mia die Schulferien nutzen muss. Beide mögen wir den Komfort in guten Hotels.

„Hast du schon einmal einen Roman auf Italienisch geschrieben?", frage ich.

„Nein. Ich sehe mich als Verwalter meiner Muttersprache."

Verwalter der Muttersprache klingt interessant. Das muss ich mir aufschreiben. Zur gleichen Zeit zücken wir unsere Notizbücher und kichern darüber.

„Typisch Autor!", sagen wir wie aus einem Mund.

„Wie ist ein typischer Autor?", frage ich.

„Autoren sind Einzelgänger, obwohl ich zugeben muss, dass ich mich inzwischen modernen Lektoren füge", sie blinzelt mir zu, „um Geld zu verdienen."

Mias Roman *Mein Glück blieb in Ligurien* passt schon vom Titel her in die Rubrik Rosamunde Pilcher. Trotzdem will ich ihn unbedingt lesen.

„Woher nimmst du nur all deine Ideen?"

Sicher wird diese Frage jedem Autor gestellt.

„Es ist kinderleicht, sich etwas auszudenken, was nichts mit der Wirklichkeit zu tun hat. Dafür gibt es unglaublich viele Leser, woran natürlich jeder Verlag interessiert ist. Alltagsgeschichten dagegen sind nicht nur erheblich schwieriger zu schreiben, sondern auch schwer zu verkaufen."

Immer mehr Autoren nutzen Schreibsoftware mit künstlicher Intelligenz und lassen sich sogar die Ideen liefern. So müssen sie nicht mehr selbst denken und verdienen ihr Geld viel schneller und leichter.

„Ich schreibe nicht über Erfurt, weil sich dann Leute in meinem Roman erkennen, die ich überhaupt nicht kenne und niemals erwähnt haben kann. Diesen Ärger gehe ich aus dem Weg."

„Schreib doch über uns! Wie wir uns fanden."

„Himmel! Nein! Dann würde ich als Nestbeschmutzer beschimpft werden."

Lachend schüttle ich den Kopf, weil sich Mia viel zu viele Gedanken macht. Man gibt den Orten und Menschen andere Namen und verwebt die Begebenheiten, Geschichten und Gefühle. So bleibt alles wahr, auch das Erfundene. Aber ich habe leicht reden, denn ich schreibe nicht, sondern lektoriere nur.

„Ein Autor sollte nie vergessen, dass der Leser nur unterhalten werden will. Eine Belehrung braucht er nicht."

Beide studierten wir Germanistik. Mia hat im Gegensatz zu mir nach dem Bachelor mit dem Master abgeschlossen. Dass sie Romane schreibt, weiß ich schon. Selbstverständlich werde ich sie alle lesen und wundere mich über mich selbst, dass ich bisher noch keines ihrer Bücher bestellte. Vom Schreiben leben kann Mia nicht, weshalb sie in einer Bibliothek arbeitet. Immerhin schreibt sie eigene Texte, während ich nur fremde Texte korrigiere, aber recht gut davon leben kann. Ich glaube nicht, dass ich selbst schreiben könnte, schon gar keine Romane.

Von Mode halten wir beide nichts, auch nichts von Actionfilmen und moderner Musik. Obwohl wir erst 1984 geboren wurden, schwärmen wir von Musik der 70er und 80er Jahre wie *Pink Floyd, CCR* oder *Man At Work* und natürlich die *Beatles.*

Es gibt keinen Zweifel: Wir sind eineiige Zwillinge mit völlig identischen Genen, obwohl wir in unterschiedlichen Familien und verschiedenen Städten aufwuchsen.

Mich wundert, dass wir auch nach vierzig Jahren unterschiedlicher Lebenserfahrung absolut gleich aussehen, gleich sprechen, gleiche Interessen haben. Auch politisch sehen wir die Welt mit der gleichen Skepsis. Und das, obwohl ich im Gegensatz zu Mia rauche und allein lebe, während sie verheiratet ist und zwei Kinder geboren hat. Weshalb will ich allein leben und sie mit einer normalen Familie glücklich sein? Vielleicht liegt es daran, dass sich meine Eltern so oft heftig stritten und schließlich trennten und Mia eine glückliche und behütete Kindheit hatte.

„Warst du schon einmal verheiratet?", fragt Mia.

„Nie", rufe ich heftiger aus als gedacht.

Schließlich bin ich nicht blind und sehe genau, was in meinem Umfeld los ist. Die Paare trennen sich, obwohl sie gemeinsame Kinder haben und zeugen mit neuen Partnern weitere Kinder, was ein entsetzliches Durcheinander mit meinen, deinen und unseren Kindern ergibt. Meine Freundin Doreen gab zu ihrer Scheidung eine größere Party als zu ihrer Hochzeit. Sie war sturzbetrunken und ich glaubte, aus Kummer. Aber dann verschwand sie recht früh mit ihrem neuen Freund im Hotelzimmer, während ihre Ex-Schwiegermutter auf die beiden Kinder aufpasste. Ich bin viel zu ernst, um derartige Späße zu verstehen.

„Magst du keine Männer?", fragt Mia.

„Doch. Aber nur für eine Nacht und bitte ohne Frühstück und ohne weitere Verpflichtungen."

Mia lacht und runzelt gleichzeitig die Stirn.

„Ich hatte nur einmal eine längere Beziehung, doch

mein Freund mochte die Italiener nicht und wollte nie mit mir an die ligurische Küste reisen. Er mochte Island und Nordnorwegen, wo es keine Bäume, keinen Strand, kein schönes Wetter und kein gutes Essen gibt. Wenn ich begeistert von Sonne und Italien schwärmte, entgegnete er stets: *Mir drubbt dor Schweeß scho fun Zuhörn.* (Mir tropft/ läuft der Schweiß schon vom Zuhören)"

Mia kichert.

„Wir fuhren also getrennt in den Urlaub, er in die nordische Kälte und ich in den sonnig warmen Süden. Nach dem zweiten getrennten Urlaub heiratete er eine Norwegerin und zog zu ihr."

Jetzt lacht Mia schallend und ich stimme in ihr Lachen ein, obwohl es mich kränkt, dass sie meine traurige Beziehung für einen Witz hält.

Um meinen Sinn für Humor zu beweisen, ergänze ich: „Seitdem benutze ich die norwegische Handcreme nicht mehr, obwohl sie wunderbar leicht einzieht."

Mia lacht lauter, dabei ist es wahr. Natürlich weiß ich, dass weder die Creme noch Norwegen etwas mit meiner Trennung zu tun haben, trotzdem mag ich Skandinavien seitdem noch weniger als zuvor.

„Außerdem bin ich schon vierzig und als Frau gut gepflegt, was man von den meisten Männern in dem Alter nicht sagen kann."

Entsetzt schaut mich Mia an, doch gleich bricht sie noch einmal in schallendes Gelächter aus.

„Spaß beiseite", verkünde ich fröhlich. „Ich lebe bewusst allein und genieße nur zeitweise die Gesellschaft von Männern."

Das erspart mir bittere Enttäuschungen, weil es dieses Verschmelzen zwischen Mann und Frau nur körperlich gibt, aber nicht im seelischen Sinn. Blindes Verstehen kennen wohl nur eineiige Zwillinge. Ich wünsche mir von ganzem Herzen, dass Mia mein Zwilling ist, genau der, von dem ich mein ganzes Leben lang träumte. Zu ihr fühle ich mich vom ersten Moment an hingezogen, obwohl ich sie noch gar nicht kenne.

„Hast du viele Freunde?", erkundigt sich Mia.

„Nein. Du?"

„Eher nicht. Die Weiber baggern ungeniert Maik an und die Männer sind nur auf Sensationsgeschichten aus."

Als ich darüber kichern muss, runzelt Mia die Stirn, was ich recht seltsam finde.

„Beschreibe mir deinen Tag!", bittet Mia.

„Mein Wecker klingelt um 7 Uhr."

„Meiner bereits zwei Stunden früher."

„So früh?"

„Ich schreibe zwei Stunden, weil um diese Zeit die Jungs noch schlafen."

Dass Mia Familie hat, vergesse ich immer wieder. Ich sehe sie in meinen Gedanken nur allein – wie ein Spiegelbild von mir.

„Maik macht das Frühstück: Cornflakes für unsere Jungs, Spiegelei mit Speck für sich und für mich eine Scheibe Weißbrot mit Honig."

„Auch ich esse immer Weißbrot mit Honig, dazu Kaffee", rufe ich erfreut aus. „Ich dusche nur kurz, kürzer als kurz, es ist nur ein Durchhuschen unter dem Wasserstrahl."

„Wie ich!", freut sich Mia. „Danach fahre ich in die Bibliothek."

„Ich muss nirgendwo hin. Ich spaziere eine Runde um den Block. Ab 9 Uhr sitze ich drei Stunden am Schreibtisch und korrigiere Texte. In der Mittagspause bummle ich über den nahen Friedhof und erledige die lästige Hausarbeit. Danach kümmere ich mich um die Werbung, die Post und die Rechnungen. Nach 19 Uhr schreibe ich nie. Auch dann nicht, wenn ich Termindruck habe."

„Auch bei uns geht es geregelt zu, schon wegen der Jungs. Wir essen immer um 19 Uhr zu Abend."

Mia zieht ein Fotoalbum aus der Tasche. Ich blättere darin und stelle fest, dass darin keine Babybilder sind.

„Gibt es von dir keine Babybilder?", frage ich.

„Vielleicht hatten meine Eltern damals noch keinen Fotoapparat."

„Das ist möglich, doch auch von mir gibt es keine, obwohl mein Bruder drei Jahre älter ist und es von ihm ganze Alben voller Bilder gibt."

Mia blättert zurück.

„Du hast Recht. Auch mein Bruder ist drei Jahre älter und von ihm gibt es Bilder. Das ist mir noch gar nicht aufgefallen."

„Mein Bruder sagt, er kann sich an mich erst erinnern, als ich zwei oder drei Jahre alt bin und dass ich viel weinte."

„Was bedeutet das?"

„Ich glaube, dass ich erst in die Familie kam, als ich zwei oder drei Jahre alt war."

Nachdenklich zuckt Mia mit der Schulter. Sie zeigt auf ihre Uhr und verkündet: „Jetzt gehen wir zu mir, denn um 19 Uhr gibt es Abendessen."

„Immer?"

„Immer", sagt sie sehr bestimmt und fragt dann sehr verwundert: „Bei dir nicht?"

Wir haben ja unglaublich viele Gemeinsamkeiten, doch jeden Tag um die gleiche Zeit esse ich nicht.

„Ich esse, wenn ich Hunger habe, was gerade da ist, meist Spaghetti oder ich bestelle eine Pizza."

„Kinder brauchen geregelte Zeiten, aber Pizza mögen meine Jungs auch."

Während wir durch die Altstadt schlendern, winkt Mia einer Frau zu, grüßt eine andere, scherzt mit Kindern und fragt einen Mann, ob alles in Ordnung ist. Sie scheint halb Erfurt zu kennen, während ich mir nicht einmal die Namen meiner Nachbarn merken kann. Vielleicht, weil ich sie mir nicht merken will. Es gibt also doch Unterschiede zwischen uns. Vor einem wunderschönen Altbau bleibt Mia stehen.

„Wir sind da!"

Der ganze Vorsaal hängt voller Fotos von Kindern, Mia und anderen Verwandten, am Strand, in den Bergen und zu jeder Jahreszeit. Bei mir daheim gibt es nur zwei abstrakte Kunstdrucke von Kandinsky: klatschbunte Kreise und Dreiecke.

Ich lerne Mias Mann kennen, der mich sofort in seine Arme schließt. Er ist genau der Typ, der mir ebenfalls gefällt: groß, breite Schultern, dunkle Locken, braune Augen, markantes Kinn, sportlich in Jeans, blau-grün-gestreiftem Hemd mit dunkelblauer Strickjacke. Was mir allerdings sofort auffällt, ist eine gewisse Arroganz, ein selbstgefälliges Gehabe. Im Grunde mag ich diese stolzen Gockel nicht, aber ich bewundere ihre lockere Selbstsicherheit mehr als die der typischen Männer, die eher grob wie ein Klotz umher stapfen und dumme Sprüche klopfen.

„Donnerwetter!", sagt Maik und pfeift leise durch die Zähne. „Ihr gleicht euch wie ein Ei dem anderen. Hoffentlich verwechsle ich euch nicht."

Lachend blinzelt er mir zu, während Mia ihm einen warnenden Blick zuwirft.

Er legt seinen Arm um Mia und sagt: „Dich würde ich selbstverständlich mit nichts und niemandem verwechseln. Du bist etwas ganz Besonderes."

Wieder lacht er und ich weiß nicht, ob er das ernst meint oder sich lustig macht.

„Wer´s glaubt", gibt Mia bissig zurück.

„Obwohl es dich doppelt gibt."

Feixend mustert er abwechselnd mich und Mia.

„Kommt rein und setzt euch gleich an den Tisch!"

Ich betrete einen großen Raum: Stube, Küche und Esszimmer in einem.

„Oh! Eine wunderbar große Wohnküche", rufe ich begeistert aus. „Viele mögen keine offene Küche, weil sie die Kochgerüche nicht mögen. Vor allem bei Fisch."

„Dann sollen sie eben keinen Fisch essen", gibt Maik zurück.

Das ist wie beim Rauchen. Wer den Geruch nach Tabak nicht mag, sollte aufs Rauchen verzichten und nicht auf den Balkon oder vor die Tür flüchten. Ich rauche am liebsten in meinem Sessel und sorge nur am Morgen und Abend für zehn Minuten Durchzug. Das ist genug frische Luft.

Eine ganze Wand besteht aus Bücherregalen bis hoch an die Decke. Ein Traum, den ich schon immer träume. Tief beeindruckt bleibe ich davor stehen. Ich habe auch viele Bücher, aber nicht einen Bruchteil so viele wie Mia. Meine Bücher liegen hoch gestapelt auf dem Boden.

Zwei Jungen, zwölf und vierzehn Jahre alt, decken den Tisch.

„Es gibt Pizza!", ruft der eine, während mich der

andere unverwandt anstarrt.

Der Jüngste isst seine Pizza mit Messer und Gabel, alle anderen nehmen die Ecken in die Hand und beißen ab. Ich auch. Ich fühle mich wohl in Mias Familie, als hätten wir schon oft so zusammen gesessen, gegessen, geschwatzt und gelacht. Dabei habe ich solch ein fröhlich-lockeres Familienessen noch nie zuvor erlebt. Mutter duldete kein Geschwätz am Tisch und Vater stand sofort auf, wenn er schweigend fertig gegessen hatte. Stefan und ich mussten sitzen bleiben, bis ich den letzten Rest von meinem Teller hinunter gequält hatte.

Maik schaut mich an, als sei ich ihm besonders wichtig. Überhaupt sieht er seine Gesprächspartner immer aufmerksam an und scheint voll bei der Sache. Das bin ich nicht gewöhnt.

„Ich bin Journalist", verkündet er stolz. „Beim ZDF."

„Aha", sage ich und beiße mir auf die Zunge, damit kein weiteres Wort aus meinem Mund schlüpft.

Ich mag keine Journalisten, weil sie meiner Erfahrung nach nur das berichten, was die Regierung veröffentlicht haben will und nicht das, was wirklich in der Welt passiert. Würde ich Romane schreiben, kämen sie nie gut weg und müssten in jeder Geschichte sterben.

„Du siehst aus wie Mama", stellt einer der Jungen fest. „Warum besuchst du uns erst heute?"

„Das müssen wir selbst erst herausfinden", antworte ich.

Die Jungs lachen, weil sie meine Antwort für einen Witz halten. Ich erkläre kurz, dass ich Mia erst vor wenigen Tagen auf einem Foto sah und glaubte, man habe mein Bild gestohlen und unter falschem Namen veröffentlicht. Die Jungs lachen lauter.

„Voll krass!"

„So was von!"

Ich mag diese Art Halbsätze nicht.

„Ich wollte schon einen Anwalt einschalten und das Foto verbieten lassen, aber dann rief eure Mutter an und wir stellten fest, dass wir beide am gleichen Tag geboren wurden. Nun glauben wir, dass wir vielleicht Zwillinge sind."

„Logo! Das sieht doch ein Blinder!", meint Paul, der Jüngere.

„Was ein Zufall!", ruft Maik aus.

Macht er sich mit seinen Kinderausdrücken lustig über uns? Oder sprechen Journalisten kein korrektes Deutsch mehr?

„Allerdings müssen wir noch herausfinden, warum wir in verschiedenen Familien aufwuchsen."

„Ich finde das blöd", sagt Paul. „Geschwister darf man nicht trennen, schon gar keine Zwillinge."

„Es sei denn, einer ist so blöd wie du."

„Tom!", mahnt Maik.

„Wir gehen ins Büro, da können wir in Ruhe weitersprechen", schlägt Mia vor.

Zuvor führt sie mich durch die große Altbauwohnung, die modern und praktisch eingerichtet ist. Trotz der Kinder sieht es überall viel ordentlicher aus als bei mir. Nirgendwo liegt etwas herum, keine Taschen, keine Kleidung, keine Ordner. Nur in der Küche stehen zwei Pfannen auf dem Herd.

Mia bemerkt meinen Blick.

„Ich bin eher bequem und mag nicht putzen oder aufräumen. Deshalb hat bei mir alles seinen festen Platz."

In der Schlafstube dominieren mehr als zehn Meter Kleiderschränke, die wie ein Raumteiler Rücken an Rücken aufgestellt sind.

„Zwei Schränke voller Blusen, doch nie genug oder nicht genau das Richtige oder nichts Passendes für den aktuellen Anlass."

Ich nicke und denke an mein schmales Regal, in dem einige Shirts und Jeans sauber gestapelt liegen. Meine Blusen hängen auf einem Kleiderständer, der an die Wand gelehnt steht. Für mich muss Kleidung vor allem bequem sein und erst zuletzt gut aussehen. Genau wie Mia mag ich vor allem Blau, am liebsten mit kleinen Streublümchen. Blau ist die beliebteste Farbe für die meisten Menschen und steht für Verlässlichkeit und Vertrauen. Es ist die Farbe des Himmels und des Meeres und wirkt beruhigend und entspannend.

In Mias Büro steht ein riesiger Schreibtisch mit zwei überdimensionalen Bildschirmen, ein großes Regal voller Bücher, zwei Sessel und ein Klavier.

„Bei uns spielt keiner. Das Klavier gehörte meiner Mutter. Ihr hätte es gefallen, wenn ich das Spiel gelernt hätte. Aber ich wollte nicht. Und mein Bruder wollte nach Mamas Tod das Klavier nicht. Deshalb steht es hier."

Ich schaue mir die Bücher an. Sie sind alphabetisch nach Verfasser geordnet, die Sachbücher befinden sich in einem Extra-Regal direkt neben dem Schreibtisch. In vier Fächern stehen jeweils zwanzig oder mehr Bücher mit dem gleichen Titel. Ich nehme eins heraus. Es ist der Roman *Mein Glück blieb in Ligurien*, den Mia geschrieben hat.

„Möchtest du es lesen? Ich schenke es dir."

Peinlich berührt nicke ich und hauche: „Gern. Wirklich. Sehr gern."

Warum habe ich nicht längst ihre Bücher gekauft. Das wäre wichtig gewesen. Aber ich hatte überhaupt nicht daran gedacht.

„Ligurien. Ist es nicht seltsam, dass wir beide den gleichen Ort lieben?"

„Wir sind eben Zwillinge."

Ich schlage das Buch auf und lese den Anfang. Sofort fallen mir Guillemets auf, diese unschönen französischen Spitzzeichen, die heute viele Verlage statt der normalen deutschen Anführungszeichen verwenden.

„Warum lässt du das zu?", frage ich.

„Was?"

„Diese albernen Haken statt der Gänsefüßchen."

„Das entscheidet der Verlag, weil es im Buchdruck heute so üblich ist."

„Nicht alles, was *heute so üblich ist*, ist auch gut."

Mia zieht die Stirn kraus und bemüht sich um ein Lächeln. Sie nimmt mir das Buch aus der Hand und stellt es zurück ins Regal.

„Schön hast du´s hier", lobe ich.

Mia kneift die Augen zusammen und zischt: „Lass die Finger von meinem Mann!"

Entgeistert schaue ich sie an.

„Ich sehe doch, dass er dir gefällt."

„Natürlich gefällt er mir. Optisch und überhaupt. Er sieht blendend aus und ist obendrein witzig und charmant."

„Ich wusste, dass du scharf auf ihn bist. Alle Weiber sind scharf auf ihn."

„Spinnst du? Er ist *dein* Mann und du bist meine Schwester."

„Na und? Du bist Single."

Mia glaubt, ich sei interessiert an Maik, weil ich Single bin? Ich will nicht alles haben, was mir gefällt. Und schon gar nicht ihren Mann. Mia kramt in ihren Papieren, als wäre ich nicht hier. Ihr Zorn auf mich ist direkt in der Luft zu spüren. Soll ich mich jetzt verabschieden und einfach gehen?

Ich habe keinen Freund. Männer in meinem Alter sind oder waren verheiratet. Doch einen gebrauchten Mann will ich nicht. Ich lebe lieber allein, schon deshalb, weil ich Trennungen nur schwer verkrafte.

Sobald ich jemanden kennenlerne, den ich mag, packt mich auch gleich die Angst, ihn zu verlieren. Heute frage ich mich, ob diese Angst von der frühen Trennung von meiner Zwillingsschwester herrührt. Ich beschließe, Mias absurde Unterstellung, dass ich in Maik mehr als nur den Schwager sehe, einfach zu vergessen.

Plötzlich lächelt Mia.

„Komm! Wir schauen Fotos an."

Doch sie öffnet nicht ihr Handy, sondern zeigt auf ein Regal mit vielen Ordnern und Sichtmappen.

„Das sind alles meine Fotoalben. Ich fotografiere viel, vor allem die Jungs und unsere Reisen."

„Du hast noch Fotoalben wie früher?"

„Was heißt: wie früher? Was soll ich mit vielen einzelnen Bildern in meinem Handy? Papierabzüge in schönen Sichtmappen mit lustigen Texten versehen sind viel schöner und auch praktischer."

Praktischer ganz sicher nicht, denn ich habe meine Fotos im Handy immer dabei, bei Mia stehen sie daheim im Regal.

Ich tippe auf ein Foto und sage: „Genauso sah ich mit dreizehn aus, genau wie du. Die gleiche dunkle Klamotte, die gleiche Frisur, der gleiche trotzige Blick."

„Mutter sagte vor jedem Foto: Zähne zeigen! Aber ich mochte nicht fotografiert werden, weil ich lange Zeit eine Zahnspange trug."

„Ich auch! Die Fotos brauchte Mutter nur zum Herzeigen für andere Leute, ich spielte keine Rolle."

„Ich schon. Ich hatte immer das Gefühl, für Mama besonders wichtig zu sein und habe mich daheim immer sicher und behütet gefühlt."

Sicher und behütet fühlte ich mich daheim nie. Ich wollte schon sehr früh weg von meinen Eltern. Ein angenehmes Familienleben habe ich nie kennengelernt und konnte es mir auch nicht vorstellen. Vermutlich wollte ich deshalb nie selbst eine Familie.

„Mama hat mir jeden Tag gesagt, dass mein Name Mia Geliebte bedeutet und hat mir in jeder Minute gezeigt, wie sehr sie mich liebt. Leider ist sie schon sehr früh gestorben. Sie hatte Brustkrebs. Deshalb habe ich Angst, ebenfalls zu erkranken und gehe jedes Jahr zur Vorsorge."

„Das solltest du nicht tun."

„Was sollte ich nicht tun?"

„Dich den schädlichen Strahlungen einer Mammographie aussetzen."

Mia schnappt mit offenem Mund nach Luft und mir ist klar, dass ich sie gekränkt habe.

Trotzdem spreche ich weiter: „Von zweitausend untersuchten Frauen werden nur zehn Verdachtsfälle auf Brustkrebs gefunden, wovon nur eine tatsächlich krank ist."

„Willst du mich belehren?"

„Entschuldige! Ich habe nur kürzlich den Artikel

eines Radiologen lektoriert und stehe seitdem der Mammografie skeptisch gegenüber. Außerdem ist deine Mutter vielleicht gar nicht deine Mutter. Du musst also keine Angst haben, krank zu werden."

Mia wendet sich ab und ich überlege, wie ich meinen Fehler wieder gutmachen kann. Dabei habe ich gar keinen Fehler begangen, sondern nur meine Meinung gesagt.

„Was macht eigentlich dein Vater?", frage ich, um von dem unangenehmen Thema abzulenken.

Endlich lächelt Mia wieder.

„Papa reist seit Mamas Tod in der Welt herum. Er bleibt nie lange an einem Ort. Mal arbeitet er auf einem Campingplatz an der Nordsee, mal an einer Tankstelle in Italien, dann wieder in Südamerika oder Australien. Seit zwei Monaten lebt er in Thailand und will dort für immer bleiben."

Ich denke an Detlef, der jeden Sommer in Thailand verbringt und als Rentner dorthin auswandern will.

„Weißt du was? Ich fotografiere dich und schicke ihm das Bild. Er wird glauben, dass ich das bin."

Mia kichert.

„Ich habe eine bessere Idee: Wir machen ein Selfie von uns beiden."

„Wunderbar!"

Mia schaut mich erwartungsvoll an. Ich setze mich neben sie und halte ihr Handy leicht erhöht am fast ausgestreckten Arm.

„Schau direkt in die Kamera! Lächeln!"

Wieder kichert Mia, weil ihr Vater überlegen wird, wie sie diese Aufnahme hinbekommen hat. Er wird denken, es sei ein Spiegelbild, obwohl wir nicht die gleiche Frisur und nicht die gleiche Bluse tragen.

„Ich lasse ihn erst ein Weilchen zappeln, bevor ich ihm von dir erzähle", beschließt sie. „Das wird ihn umhauen."

Vielleicht weiß er, dass Mia ein Zwilling ist. Umso besser, dann muss er uns Rede und Antwort stehen. Auch mit meinem Handy mache ich ein Selfie und betrachte zufrieden das Ergebnis, denn damit habe ich meine Schwester immer bei mir.

Den ganzen Abend und die ganze Nacht reden wir. Wir mögen die gleichen Autoren und Romane und ärgern uns über die gleichen hochgejubelten Titel, die unserer Meinung nach grottenschlecht erzählt sind. Ich genieße es sehr, mit jemandem stundenlang über Bücher und ganz banale Alltagsprobleme zu sprechen. Keiner meiner Freunde fragt mich, wann ich am Abend zuvor ins Bett gegangen bin oder was ich zu Mittag gegessen habe. Mia tut es.

Wir haben die gleichen bernsteinfarbenen Augen, die gleichen geschwungenen Brauen, das gleiche Lächeln und die gleiche Mimik. Der einzige Unterschied, den man beim genauen Hinsehen erkennt, ist ein kleiner Leberfleck auf Mias linker Augenbraue. Sie wirkt insgesamt weicher und fraulicher aus als ich und trotzdem elegant, was mir komplett fehlt.

„Vielleicht ist auch deine Mutter nicht deine leibliche Mutter", überlegt Mia laut.

„Das hoffe ich. Niemals möchte ich so werden wie meine Mutter."

„Immerhin hat sie dich großgezogen und sie lebt."

Ich umarme Mia, weil ich darauf keine Antwort weiß und es mir leidtut, dass ihre Mutter nicht mehr lebt.

„Aber wie kommt es, dass wir zwei so unterschiedliche Mütter haben und uns trotzdem so ähnlich sind?"

„Weil wir tatsächlich Zwillinge und unsere Gene die gleichen und uns geblieben sind. Die Vererbung ist wohl wichtiger als das soziale Umfeld."

„Glaubst du wirklich?"

Für mich besteht darin kein Zweifel.

„Kennst du das Buch *Das doppelte Lottchen*?"

Mia schüttelt den Kopf.

„Darin werden Zwillinge durch die Trennung ihrer Eltern auseinandergerissen. Vielleicht bist du bei Mama geblieben und ich kam zu Vater."

„Möglich. Doch wieso haben wir beide jeweils einen drei Jahre älteren Bruder?"

Ich zucke mit der Schulter und erkläre Mia, dass unsere Brüder reiner Zufall sind.

„Weißt du was? Wir lassen einen DNA-Test machen. Danach wissen wir, ob wir echte Zwillinge sind oder nur so aussehen."

Während der Heimfahrt denke ich über das Wunder nach, nach vierzig Jahren durch einen Zufall meine Zwillingsschwester gefunden zu haben. Doch genau wie bei der Hinfahrt hält mich ein Stau auf. Ein LKW brennt und ist auf die mittlere Leitplanke gekippt, so dass beide Fahrtrichtungen betroffen sind. Die A4 ist Richtung Erfurt komplett gesperrt und Richtung Chemnitz vier Kilometer Stau. Ich weiß nicht, weshalb die Abschnitte zwischen Wüstenbrand und Tharandt so häufig von Unfällen betroffen sind, oft sogar mit Todesfolgen. Zum Glück bin ich nur selten auf der Autobahn unterwegs und kenne die Meldungen nur aus dem Radio.

Die Stimme im Radio warnt eindringlich von der Klimakatastrophe und verlangt, dass unser gesamtes Leben dem Klimawandel unterzuordnen ist. In einigen Jahren erhöht sich laut wissenschaftlicher Berechnungen die Jahrestemperatur um 1,1 Grad. Ist das so schlimm? Gab es nicht schon seit tausenden Jahren Klimaveränderungen? Natur ist Natur und ändert sich ständig. Der Redner ruft seine Hörer auf, weniger oder gar kein Fleisch mehr zu essen. Das mache ich sowieso. Auch auf Milch verzichte ich seit Jahren, weil ich sie genauso wenig vertrage wie Fleisch, und nicht, um das Klima zu retten. Zum Schluss seiner Rede fordert er: „Fahren Sie langsamer!"

Automatisch schaue ich auf meinen Tacho: 130 Stundenkilometer. Das ist nicht zu schnell und entspricht der Richtgeschwindigkeit hierzulande. Aber auch daran halte ich mich vor allem, weil ich mich bei diesem Tempo am sichersten fühle und nicht, um möglicherweise das Klima zu retten.

Konfrontation

Die Analyse der DNA ergibt, dass Mia und ich tatsächlich eineiige Zwillinge sind, also aus einer einzigen Eizelle stammen. Der Unterschied zwischen unseren Genen beträgt weniger als 0,1 Prozent.
Dieses Ergebnis werde ich meiner Mutter unter die Nase halten. Jetzt muss sie mir Rede und Antwort stehen, ob sie meine leibliche Mutter ist und ob sie von meiner Zwillingsschwester weiß.

„Hier siehst du schwarz auf weiß, dass ich eine Zwillingsschwester habe."
„Ich habe niemals Zwillinge geboren."
„Dann bist du auch nicht meine Mutter."
Mutter kneift ihre Lippen zusammen und zuckt mit der rechten Hand.
„Du willst mich schlagen?", rufe ich empört aus.
„Nur zu!"
Spöttisch verzieht sie den Mund und sieht auf einmal alt und hässlich aus.

„Ich stehe in deiner Geburtsurkunde als Mutter. Also *bin* ich deine Mutter. Genauso amtlich wie deine alberne DN-Dingsda."

„Du könntest mich adoptiert haben", stelle ich fest.

„Hör auf mit dem Unsinn!", bestimmt Mutter. „Ich will nichts mehr davon hören. Nie wieder! Hast du das verstanden?"

„Außerdem haben Vater und du hellbraune glatte Haare und wasserblaue Augen, genau wie Stefan. Ich sehe ganz anders aus, habe bernsteinfarbene Augen und rote Locken."

„Na und?"

„Kannst du mir erklären, warum es nur von Stefan Babyfotos gibt und von mir nicht?"

„Weil du ein unmögliches Kind warst, hast nur geheult. So was fotografiert man nicht."

„Ich war unglücklich."

„Unglücklich? Undankbar bist du! Du hattest alles, was ein Kind braucht und warst trotzdem immer unzufrieden."

„Ja, ich hatte zu essen und Kleidung, aber ein Kind braucht auch Liebe. Und die hatte ich nicht."

„Du gehst jetzt! Ehe ich mich vergesse."

„Ist es nicht Zeit, die Wahrheit zu sagen?", frage ich leise. „Weißt du, wo ich herkomme und wo ich die ersten zwei Lebensjahre war? Sag es mir!"

„Verschwinde!" Mutter weist mit ausgestrecktem Arm zur Tür. „Und lass dich so schnell nicht wieder blicken, am besten gar nicht."

Es sind die gleichen Worte, die sie damals oft zu Vater sagte, bis er tatsächlich nicht mehr nach Hause kam. Auch ich habe keine Lust mehr, Mutter zu besuchen. Sie ist schwierig. Man soll schwierige Menschen als Herausforderung sehen, als Training und sich nicht zu negativen Gefühlen und Äußerungen provozieren lassen. Das fällt mir oft schwer. Ich muss Mutter sein lassen, wie sie ist und selbst bleiben, wie ich bin und sie trotzdem lieben.

Weiß Mutter, dass ich ein Zwilling bin? Oder weiß sie es nicht? Ich bin jedenfalls keine Spur klüger als zuvor. Enttäuscht und verärgert verlasse ich die Wohnung und denke an den Spruch: Gehe nicht dorthin, wo man dich ablehnt und bleibe nicht, wo man dich nicht mag! Ich spüre, dass Mutter lügt. Menschen, die mich belügen, vertraue ich niemals wieder. Trotzdem muss ich wissen, warum ich von meiner Schwester getrennt wurde.

Wer kann mir dabei helfen? Mir fällt nur Vater ein.

*****

Vater sitzt am Tisch raucht.

„Du rauchst wieder?", frage ich erstaunt.

„Nicht mehr so viel wie früher, aber regelmäßig."

Als Vater damals mit dem Rauchen aufhörte, fing ich damit an. Vermutlich hatte ich allein vom Geruch Entzugserscheinungen. Bei Mutter durfte ich nie in der Wohnung rauchen, obwohl Vater dafür nie vor die Tür ging.

„Das ist was anderes", bestimmte Mutter. „Du bist hier nicht daheim."

Dabei wohnte ich sehr wohl noch daheim. Also rauchte ich heimlich. Das Geld für die Zigaretten verdiente ich beim Zeitungsaustragen. Als ich später eine eigene Wohnung hatte, rauchte ich in der Stube, immer am Nachmittag zur Kaffeepause und am Abend zu einem Glas Wein.

Ich schaue aus dem Fenster und überlege, wie ich anfangen soll. Ich will nicht gleich mit der Tür ins Haus fallen, aber eine lange Vorrede hilft noch weniger.

„Hast du den großen silbernen Mazda CX9 draußen gesehen?", fragt Vater und zeigt Richtung Fenster.

„Nein. Was ist mit dem?"

„Er ist nicht mehr da. Auch der große blaue VW-Caddy nicht."

Amüsiert kichere ich in mich hinein. Wenn die beiden Autos nicht da sind, kann ich sie logischerweise nicht sehen.

„Und?"

„Diese beiden Autos gehörten dem Ukrainer, der bis heute Nacht gegenüber wohnte."

Ich zucke mit der Schulter, weil mich fremde Fahrzeuge nicht interessieren und auch kein Klatsch über Nachbarn.

„Die ganze Familie ist heute Nacht um 3 Uhr wie in

68

einem Gangsterfilm heimlich abgehauen, alle fünf."

„Und?", frage ich noch einmal.

„Ukraine. Kapierst du nichts? Ein Jahr lang haben sie im Haus gegenüber gewohnt und sind jeden Tag mit ihren Luxuskarren spazieren gefahren. Das sind sogenannte Kriegsflüchtlinge."

Mich ärgert Vaters Wort *sogenannte.*

„Wenn sie in ihrer Heimat ein Auto hatten, sind sie natürlich auch damit geflohen. Jeder, ob arm oder reich, muss vor dem Krieg fliehen."

„Das beträfe den dicken Mazda mit ukrainischem Kennzeichen, aber nicht den nagelneuen VW, der hier in Chemnitz zugelassen wurde."

„Jeder weiß, dass es seit Februar 2022 einen russischen Angriffskrieg gegen die Ukraine gibt und dort täglich viele Menschen sterben."

„Jeder weiß", beginnt er seinen Satz ebenso wie ich, „dass der Krieg offiziell 2014 begann und inoffiziell bereits mindestens sechs Jahre früher oder schon im Mittelalter, obwohl es die Ukraine erst seit 1991 gibt."

„Papa, du bringst da was durcheinander", sage ich milde.

Es bringt nichts, mit alten Leuten über Politik zu diskutieren.

„Ich frage mich, warum sie bei Nacht und Nebel abhauen. Ganz ohne Möbel."

„Vielleicht sind sie im Urlaub."

„Es sind keine Ferien und sie haben drei Schulkinder. Bereits während der Weihnachtsferien waren sie in ihrer Heimat zum Schifahren."

„Das glaube ich nicht."

„Und doch war es so. Sie haben es selbst erzählt. Und jetzt sind sie ganz zurück in die Ukraine."

Vater bringt offenbar wirklich alles durcheinander.

„Papa! Dort ist Krieg! Sie sind froh, dieser Katastrophe entkommen zu sein."

„Das glaubst du. Aber auch die zwei Ukrainerinnen aus dem Erdgeschoss sind weg, ebenfalls mitten in der Nacht und ebenfalls zurück in ihre Heimat."

„Ich sage noch einmal, dass ich das nicht glaube, weil es widersinnig ist."

„Die Möbel haben sie hier gelassen, die haben ja nichts gekostet."

„Eigentlich wollte ich mit dir über ein ernsthaftes Thema reden", sage ich.

„Ist dir der Ukrainekrieg nicht ernsthaft genug?"

„Doch!", gebe ich genervt zurück. „Aber ich habe ein privates Problem, bei dem du mir helfen sollst."

„Das mache ich gern. Setz dich! Ich habe Zeit."

Sofort zeige ich ihm das Selfie von mir und Mia.

„Das ist meine Zwillingsschwester. Sie heißt Mia."

Vater lächelt und fragt, wie ich das gemacht habe, mich doppelt darzustellen.

„Ich bin nicht doppelt. Es ist eine Aufnahme von mir und Mia. Warum ist meine Schwester nicht bei uns aufgewachsen?"

„Ich weiß nichts von einer Schwester."

„Aber es gibt sie. Du sieht selbst, dass sie genauso aussieht wie ich. Wir sind eineiige Zwillinge. Hier ist der Beweis."

Vater überfliegt kurz die DNA-Analyse und liest sie noch zwei Mal langsam und gründlich durch.

„Mia stammt aus Erfurt."

„Wir waren noch nie in Erfurt."

„Aber warum wuchs sie in Erfurt auf und ich hier in Chemnitz?"

Hilflos zuckt Vater mit der Schulter. Ich sehe ihm an, dass er es wirklich nicht weiß.

„Warum gibt es von mir keine Fotos, als ich noch ein Baby war?"

„Du warst ein süßes Mädchen, aber sehr schwierig."

„Stefan sagt, ich hätte viel geweint und er kann sich an mich erst erinnern, als ich zwei oder drei Jahre alt war." Vater zündet sich eine Zigarette an und tut so, als hätte er meine Worte nicht gehört.

„Warum gibt es von mir keine Babybilder, aber von Stefan ein ganzes Album voll?"

„Du warst schwierig", wiederholt Vater. „Mehr sage ich nicht dazu."

„Kam ich erst zu euch, als ich zwei Jahre alt war?", bohre ich weiter.

„Hast du Mutter gefragt?", weicht er aus.

„Allerdings. Aber sie wollte mir nicht antworten, hat mich angeschrien und gleich rausgeschmissen."

Beim Gedanken daran kämpfe ich mit den Tränen.

„Was hast du denn erwartet?", fragt er.

„Dass sie mir die Wahrheit sagt."

„Wahrheit. Was ist die Wahrheit? Niemand kennt die ganze Wahrheit, sondern immer nur das, was er selbst wahrnimmt und wie er es betrachtet. Andere haben eine andere Wahrheit, ihre eigene."

„Aber das ist doch Unsinn! Ich will nur wissen, wessen Kind ich bin, wo ich die ersten zwei Jahre verbrachte. Das ist mein gutes Recht."

„Und Mutter hat das Recht zu schweigen. Sie hat Angst."

„Mutter und Angst? Das glaubst du doch selbst nicht."

„Täusche dich nicht an ihrer groben Art. Oft sind die Menschen anders, als du sie siehst."

Man kann die Menschen nur so sehen, wie sie sich geben und nicht in ihr Inneres schauen.

„Du bist anders als Mutter. Du bist ehrlich und wirst mir sagen, was mit meiner Geburt nicht stimmt."

Vater schüttelt leicht den Kopf und betrachtet den Tisch, obwohl darauf nichts zu sehen ist.

„Wenn Mutter nicht darüber sprechen will, muss ich das akzeptieren und du auch."

„Ich will aber nicht! Ich will wissen, warum ich so viel geweint habe."

„Das weiß ich nicht."

„Aber ich weiß es!", schreie ich erbittert. „Ich war unglücklich und habe so viel geweint, weil ich meine *richtige* Mutter und meine Schwester vermisst habe."

Vater wischt sich übers Gesicht.

„Kleine Kinder wissen noch nichts. Ihnen ist gleich-gültig, wer sich um sie kümmert."

„Glaubst du das wirklich?", frage ich entsetzt. „Was meinst du, warum ich so viel weinte?"

„Wir dachten, du wärst krank und hättest irgend-welche Schmerzen. Deshalb schickten wir dich zur Kur an die Ostsee. Außerdem warst du viel zu klein und zu dünn, hast weniger gegessen als ein Vögel-chen."

Kur. Mit einem Mal wird mir schrecklich übel, weil ich mich an die Kur erinnere, die ich die ganzen Jahre komplett verdrängt hatte. Ich war damals erst vier Jahre alt und verstand nicht, weshalb ich mit all den fremden Kindern in einem unbekannten großen Haus leben musste, fern von meinen Eltern und meinem Bruder. Es war eine grauenvolle Zeit. Ich schlief mit etwa vierzig Kindern in einem gro-ßen Saal und hatte schreckliche Angst. Weil ich vor Angst ins Bett machte, zerrte mich eine Frau nachts aus dem Schlaf und schickte mich zur Toi-lette. Wenn mein Laken am Morgen trotzdem nass war, musste ich in den dunklen Keller. Ganz allein. Anfangs schrie ich mir mein Leid aus der Kehle, aber dafür bekam ich Schläge. Also wurde ich still und immer stiller und wagte nicht einmal mehr zu weinen.

Wenn ich das Fleisch oder den klumpigen Milchreis nicht essen wollte, drückte mir eine Frau den Mund auf und eine andere schob mir das Essen hinein. Einmal würgte es mich so heftig, dass ich alles auf den Teller spuckte. Sofort kommen mir die Tränen, als ich daran denke, dass ich das Erbrochene wieder essen musste.

Was hatte ich nur falsch gemacht, weshalb man mich hierher brachte und so furchtbar quälte? Warum holte meine Mutter mich nicht ab? Keiner hatte mir damals erklärt, weshalb ich hier war und hier bleiben musste. Ich fühlte mich im Stich gelassen. In dieser Zeit hatte ich das Vertrauen in meine Eltern verloren und seitdem verließ mich nie wieder die Angst vor Erziehern, Ärzten und Krankenschwestern, weil allesamt grob mit mir umgingen und mir weh taten.

Als ich endlich wieder daheim war, war ich derart verschüchtert, dass ich es nicht wagte, meinen Eltern von all den Grausamkeiten zu erzählen. Doch ich habe nie vergessen, dass *sie* mich dorthin schickten.

„Ich habe euch diese Kur mit ihren entsetzlichen Qualen nie verziehen."

Erschrocken schaut mich Vater an.

„Du warst an der Ostsee!", ruft er aus. „Das war ein besonderes Privileg zu DDR-Zeiten."

„Nicht für mich. Wir Kinder wurden dort körperlich und seelisch gequält. Diese Zeit hat mich geprägt und mein Vertrauen zerstört – in euch, in alle."

„Das wusste ich nicht."

Ich sehe seinem erschrockenem Gesicht an, dass er es wirklich nicht wusste und beschließe, ihm nichts Näheres von diesen acht grauenvollen Wochen zu erzählen.

„Ich glaubte damals, ihr habt mich zur Strafe dorthin geschickt."

„Aber nein! Wir wussten doch nicht ..."

Bestürzt reißt er die Augen auf und rudert mit den Händen in der Luft.

„Ich habe diese Kur jahrelang nicht verkraftet, aber ich konnte nie mit euch darüber reden. Zum Teil aus Scham und zum Teil aus Angst vor Strafe."

Mutter hatte eine lockere Hand und verpasste mir nahezu täglich schmerzhafte Ohrfeigen. Immer litt ich unter dem Gefühl, etwas Falsches gesagt oder getan zu haben.

„Vor etwa vier Jahren lektorierte ich den Lebensbericht einer Frau, die genau wie ich als Kind zur Kur war. Sie war im Schwarzwald, wo es ebenso grob zuging wie bei mir an der Ostsee. Sie schrieb, dass sie erst als Erwachsene mit Hilfe einer Psychotherapie diese schwere Zeit verarbeiten konnte. Seitdem weiß ich, dass auch andere Kinder unter ihrer Kur litten und zum Teil bis heute leiden."

Vater ist blass geworden und wiederholt zum dritten Mal: „Das wusste ich nicht. Es tut mir leid."

„Mir auch", sage ich kühl. „Noch mehr tut mir leid,

dass ich vierzig Jahre lang nichts von meiner Zwillingsschwester wusste."

Wie zum Beweis halte ich ihm wieder das Selfie von Mia und mir unter die Augen. Vater fährt sich mit den Händen über den Kopf, wie er es früher schon tat, als er noch viele Haare hatte.

„Diese acht Wochen Kur in der Fremde sind die Ursache dafür, dass ich mich von diesem Zeitpunkt an nie wieder in einer großen Gruppe wohl fühlte, sonder lieber allein war und heute noch bin."

„Mandy, es reicht! Außerdem muss ich jetzt los, die *Niners* spielen."

Vater ist ein glühender Anhänger der Chemnitzer Basketballmannschaft, obwohl sie keinen einzigen Spieler aus Chemnitz haben, vielleicht nicht einmal einen aus Deutschland. Die zwei vorgeblich Deutschen haben fremd klingende Namen. Vater meint, das spiele keine Rolle. Für mich schon, denn wenn Städte oder Länder gegeneinander antreten, sollten sie die Stadt oder das Land und keinen Sportklub vertreten.

„Dich interessiert der blöde Sport mehr als meine Probleme? Willst du nichts über meine Schwester wissen?"

„Mandy, bitte!"

Nicht eine einzige Frage hat er zu Mia gestellt, nicht, wie ich sie fand, nicht, wie sie lebt, wie es ihr geht. Nichts. Enttäuscht stehe ich auf und verlasse grußlos seine Wohnung.

Wie ich die Sache auch drehe und wende, irgend etwas stimmt nicht. Es gibt erst Fotos von mir, als ich zwei Jahre alt war, vorher nicht. Wo war ich während meiner ersten zwei Jahre? Und wo war meine Schwester? Warum wurden wir getrennt?

Hat mein Bruder nun eine zweite Schwester? Oder ist Mia nur die Schwester seiner Schwester? Mia gehört durch mich zu meiner Familie, aber ich nicht zu ihrer. Oder? Ich kenne meinen Bruder, denn wir haben die gleiche Familie und gemeinsame Erinnerungen. Meine Schwester kenne ich nicht, obwohl sie genauso ist wie ich, mein Zwilling.

Aber es gibt Unterschiede. Ich lebe allein und habe selten bis gar keinen Besuch. Mia hat Familie. Dieser Unterschied zwischen Mia und mir ergibt sich vermutlich aus der komplett anderen Lebensweise. Wir wären keine Freundinnen geworden. Aber wir sind Schwestern, eineiige Zwillinge durch unsere Gene, einander so nahe wie kein anderer Mensch auf der ganzen Welt. Ich habe gelesen, dass meine Kinder die Halbgeschwister von Mias Kinder wären, weil die Gene der Mütter identisch sind. Zweieiige Zwillinge sind nur wie ganz normale Geschwister miteinander verwandt.

Mich beschäftigt dieses Thema sehr und ich muss aufpassen, meine Arbeit nicht zu vernachlässigen. Ich werde nach lektorierten Seiten bezahlt. Wenn ich nicht korrigiere und lektoriere, erhalte ich kein Geld.

Muttersuche

„Nanu?", frage ich Mia bei meinem nächsten Besuch und zeige auf den Tisch, auf dem eine Quarktorte und ein großer Blumenstrauß stehen. „Hat jemand Geburtstag?"

„Heute ist Muttertag. Ich habe gebacken."

Muttertag. Daran habe ich keine guten Erinnerungen. In der Schule mussten wir immer etwas für die Muttis basteln, zum Beispiel Blumen aus Filz auf eine Karte kleben und *für die liebe Mutti* draufschreiben, was Mutter sofort in den Müll warf. „Was soll ich damit?", schimpfte sie. Gelobt für meine Mühe hat sie mich nie.

„Aber *du* musst backen?"

„Das mache ich gern. Die Jungs übernehmen das Frühstück und Maik holt Blumen."

„Tatsächlich?", frage ich und merke an Mias Blick, dass ihr diese Bemerkung nicht gefällt.

„Wir müssen unbedingt nach unserer leiblichen Mutter suchen", fordere ich nach dem Vesper.

„Weshalb? Auf meiner Geburtsurkunde steht meine Mutter. Ich wurde nicht adoptiert."

„Auch in meiner Geburtsurkunde steht meine Mutter. Sie schwört, dass es keinen Zwilling gibt."

Nachdenklich schaue ich Mia an. Es gibt so viele Möglichkeiten, weshalb unsere Mütter nicht unsere leiblichen Mütter sind. Meine Mutter könnte uns beide geboren haben, aber nur mich behalten. Entweder lügt sie oder sie wusste nichts von einem zweiten Kind. Ich habe gelesen, dass in der DDR manche Neugeborene für tot erklärt und anderweitig vermittelt wurden. So könnte Mia zu ihren Eltern gekommen sein. Doch da es von mir keine Babyfotos gibt, ist es sehr wahrscheinlich, dass ich erst mit zwei oder drei Jahren in meine Familie kam. Auch in Mias Fotoalbum finden sich keine Bilder von ihr als Baby.

„Möchtest du nicht wissen, wer unsere *wirkliche* Mutter ist?"

„Nein. Ich kann mir keine andere Frau als meine Mutter vorstellen. Ich habe Mama sehr geliebt und vermisse sie jeden Tag."

„Und wenn sie gar nicht deine leibliche Mutter ist?"

„Na und? Wenn uns die Frau, die uns geboren hat, einfach weggegeben hat, dann wollte sie uns nicht. Deshalb will ich sie auch nicht."

„Aber ich will, dass sie mir in die Augen schaut und mir sagt, warum sie uns das angetan hat. Warum wir auseinander gerissen wurden."

„Was soll sie schon sagen? Irgendeine dumme Ausrede wird ihr einfallen. Dass sie zu jung war, der Freund sie verlassen hat oder sie keine Zwillinge mag. Schließlich gelten Zwillinge in einigen Ländern als Unglück."

„Trotzdem!", beharre ich. „Ich will eine Erklärung."

Da kommt mir ein neuer Gedanke. „Vielleicht lebt unsere Mutter gar nicht mehr. Vielleicht hatte sie einen Unfall oder ist früh gestorben?"

Mia nickt und ich sehe ihr an, dass sie gerade an ihre verstorbene Mutter denkt.

„Was ist eigentlich mit unserem Vater?", fragt sie plötzlich. „Warum stimmte er der Adoption zu? Aus Trauer? Oder verunglückte er zusammen mit unserer Mutter?"

„Möglich. Es könnte auch einer unserer Väter unser leiblicher Vater sein", überlege ich laut. „Wir stammen aus einem heimlichen Verhältnis und seine Frau wollte nur eines der Kinder übernehmen, weil sie schon einen Sohn hatte."

Mia lacht und sagt: „Du hast zu viel Fantasie."

Meiner Mutter traue ich zu, Geschwister grausam zu trennen, selbst Zwillinge. Mias Mutter können wir nicht fragen, weil sie nicht mehr lebt. Ich will unbedingt wissen, ob auch unsere leibliche Mutter gestorben ist oder noch lebt. Ich muss sie finden.

Ich hoffe, dass meine leibliche Mutter noch lebt, mich vermisst und jeden Tag an mich denkt, nicht nur an meinem Geburtstag. In meiner Vorstellung war sie sanft und liebevoll, geduldig und verständnisvoll – also das komplette Gegenteil der Frau, die mich aufgezogen hat.

Mia empfindet es umgekehrt. Sie glaubt, unsere leibliche Mutter sei egoistisch, lieblos und verantwortungslos – das Gegenteil ihrer geliebten Mama.

Vielleicht war ihre Mutter tatsächlich außergewöhnlich liebevoll, vielleicht aber nur in ihrer verklärten Erinnerung, weil diese so früh verstorben ist. Gegen Tote hat niemand eine Chance.

„Mir geht das Thema auf die Nerven", klagt Mia. „Ich brauche keine andere Mutter. Mir reicht, jetzt eine Schwester zu haben." Sie umarmt mich und flüstert: „Wir werden uns nie wieder verlieren."

„Auf gar keinen Fall", stimme ich zu. „Ohne das Foto in deinem Buch hätten wir uns nie gefunden." Wieder ergreift mich dieses warme Gefühl für meine Schwester und ich stelle mir vor, dass unsere Mutter täglich bedauert, uns verloren zu haben.

„Ob wohl unsere leibliche Mutter an uns denkt und sich fragt, wie es uns geht und was aus uns geworden ist? Zündet sie an unserem Geburtstag zwei Kerzen an?"

„Sicher hat sie uns längst vergessen", sinniert Mia. „Solche Mütter gibt es."

„Woher willst du das wissen?", empöre ich mich.

„Ich weiß es nicht, weil ich nicht alles wissen kann. Aber jeder sollte zu allem eine Meinung haben."

Darüber muss ich nachdenken. Es klingt logisch. Denn wenn jeder nur das sagt, was er ganz genau weiß, gibt es keinen Austausch. Außerdem ist das, was man weiß, nicht unbedingt richtig – schon gar nicht für alle gleichermaßen.

„Besonders angenehm finde ich, dass ich bei dir keine Angst haben muss, etwas Falsches zu sagen und dich damit zu verletzen", sagt Mia und lächelt mich an.

„Wie solltest du mich verletzen können?"

„Ich möchte immer genau das ausdrücken, was ich denke und fühle."

„Macht das nicht jeder?"

Mia lächelt und schüttelt den Kopf.

„Du bist arglos. Doch ich bin durch meine Kinder vorsichtig geworden. Mütter sind sehr empfindlich, was ihr Kind betrifft. Ich habe Angst, dass meine Jungs in der Schule Dinge sagen, die unangenehme Konsequenzen für sie haben."

„Was denn zum Beispiel?"

„Worte wie Geschlechter, Mutter, Zigeuner, Rasse und Heimat."

„Aber das sind ganz normale Worte."

„Das war früher so. Heute können sie diskriminieren."

Wie sollten die Worte Mutter oder Rasse diskriminieren?

„Wieso?"

Mia runzelt die Stirn.

„Du stellst seltsame Fragen."

Lachend winke ich ab und sage: „Und du machst dir zu viele Gedanken."

„Denken schadet nicht. Aber man muss seine Meinung nicht jedes Mal ausposaunen."

„Du sagst nicht, was du denkst?", frage ich empört.

Mia zieht die Stirn kraus und ich weiß sofort, dass

ihr meine Bemerkung nicht passt. Trotzdem lächelt sie. Mache ich das auch so?

„Die meisten Menschen finden Direktheit exakt so lange gut, bis du etwas sagst, was ihnen nicht gefällt."

„Na und? Ich will nicht jedem gefallen."

„Weil du allein lebst und nur für dich selbst verantwortlich bist. Du musst dich nicht einmal in einer Firma einfügen oder unterordnen."

Das stimmt. Ich lebe tatsächlich freier als Mia, weil ich mich nirgendwo anpassen muss.

„Wenn du deine Meinung immer herunterschluckst, wirst du eines Tages an ungesagten Worten platzen", scherze ich.

Mia lacht.

„So dramatisch ist das nicht. Ich verstecke meine Meinung in meinen Romanen, lege sie der einen Person in den Mund und lasse sie mit anderen Personen streiten."

„Ist das nicht furchtbar kompliziert?"

„Im Gegenteil So kann ich mich frei äußern, ohne Probleme zu bekommen oder gar Aufträge zu verlieren. Bei Lesungen lasse ich diese Themen weg."

Zurückhaltung habe ich nie geübt, weil es bisher nicht nötig war. So gesehen bin ich froh, nur fertige Texte zu korrigieren. Für den Inhalt der Texte bin ich nicht verantwortlich. Ich bin für das verantwortlich, was sich sage und nicht für das, was andere verstehen.

„Geschichten, die man aufschreibt, sind anders als Geschichten, die man erzählt. Man sucht in Ruhe nach den passenden Worten und nicht nach denen, die niemanden verletzen. Ich kann sie aufschreiben, wenn sie mir einfallen und muss keinen günstigen Moment abwarten wie bei einer Rede."

So habe ich das noch nie gesehen, weil ich nicht schreibe und eigentlich auch nur sehr wenig rede.

„Außerdem ist da noch Maik", sagt Mia gedankenverloren und ich fürchte schon, dass sie mir wieder unterstellt, dass ich an Maik interessiert bin. „Die Jungs bewundern ihren Vater sehr, vor allem Tom."

„Das ist doch gut."

„Ja, aber .."

„Aber?"

„Weißt du, Maik steht auf politische Aktionen der Linksextremen und hält diese für richtig, obwohl es nicht nur um Sachbeschädigung von Unbeteiligten geht, sondern auch um brutale Gewalt gegen Menschen, die eine andere Gesinnung haben. Doch da diese Aktionen von öffentlichen Stellen geduldet und sogar bezahlt werden, also als richtig und notwendig gesehen werden, schweige ich lieber."

„Solltest du Tom nicht lieber aufklären?"

„Lieber nicht."

„Aber dann wird sich seine Meinung festigen."

„Das ist nicht so schlimm, als wenn er Probleme in der Schule bekäme, wenn er die Falschen verteidigt."

Unter dem Vorwand der Toleranz wird man nachsichtig – auch gegen jede Form von Manipulation oder gar Gewalt.

„Als ich jung war, wollte ich die Welt verändern. Heute weiß ich, dass die Welt mich verändert hat." So kann man es auch sehen. Doch mir gefällt das nicht. Es ist oft schwierig, seine Meinung offen zu vertreten, zustimmen ist viel leichter. So vermeidet man jeden Streit, verhindert aber jede Einigung.

Am späten Abend bläst Maik eine Luftmatratze für mich auf und ich darf in Mias Bibliothek übernachten.

Besuch bei Mias Oma

„Meine Großeltern!", ruft Mia beim Frühstück aus. „Wir besuchen meine Großeltern. Die wissen, ob ich adoptiert wurde und werden es uns sagen."
Die Oma ist bereits vierundachtzig Jahre alt, aber geistig fit und körperlich rüstig. Die Treppen in den zweiten Stock zu ihrer Wohnung bringen mich mehr außer Atem als die alte Dame. Ihr Mann ist leider auf Pflege angewiesen, sitzt aber zufrieden in seinem Sessel und freut sich über den Besuch.
„Mia, mein Püppchen, komm her zu mir!", fordert er und strahlt über das ganze Gesicht.
„Das ist Mandy, meine Zwillingsschwester", stellt

mich Mia vor.

„Mandy und Mia, Mia und Mandy", brabbelt der Opa und ich bin mir nicht sicher, ob er verstanden hat, dass Mia und ich Zwillinge sind, die sich erst vor wenigen Tagen gefunden haben.

Die Oma umarmt und küsst zuerst Mia und dann mich. In ihrer Nähe fühle ich mich sofort wohl und geborgen.

„Ich bin jetzt auch *deine* Oma", bestimmt sie. „Setzt euch aufs Sofa! Ich koche schnell Kaffee. Doch zuerst stoßen wir mit Sekt auf euch an."

Wir erzählen die seltsame Geschichte, wie wir uns fanden, vom DNA-Test und auch, dass wir uns wundern, dass auf unseren Geburtsurkunden verschiedene Eltern aufgeführt sind, was schließlich bei eineiigen Zwillingen nicht möglich ist.

„Ich wusste, dass du adoptiert wurdest, aber nicht, dass du eine Zwillingsschwester hast. Deine Eltern wussten es sicher auch nicht."

Die Oma erzählt, dass Mia anfangs ein sehr ängstliches Kind war, als sie mit knapp zwei Jahren in die Familie aufgenommen wurde. Sie machte sich steif, wenn jemand den Raum verließ und weinte herzzerreißend. Das waren eindeutig Verlustängste, die sich erst in der Kinderkrippe verloren, als sie mit anderen Kindern spielen konnte.

Ich war nicht so gern mit anderen Kindern zusammen und hatte immer nur eine einzige Freundin. Da ich sie aber nie mit nach Hause bringen durfte, hielten die Freundschaften nicht lange. Ich blieb viel allein, versteckte mich in fremden Geschichten und las alles, was die Schulbibliothek hergab.

„Später warst du ein Stubenhocker und hast immer und überall gelesen." Oma streichelt sanft über Mias Arm. „Deshalb bist du Autorin geworden und hast dein ganzes Haus mit Büchern zugestellt."

Mia lacht und umarmt ihre Oma.

„Mandy arbeitet als Korrektor und Lektor und ist genau so eine Leseratte wie ich."

„So ist es richtig. Ihr seid ja auch Zwillinge."

„Wurde Sven auch adoptiert?"

Die Oma schüttelt den Kopf.

„Nein. Sven ist das leibliche Kind deiner Eltern. Im Jahr nach seiner Geburt hatte deine Mutter eine Eileiterschwangerschaft, weshalb man die Gebärmutter entfernte. Sie konnte also kein Kind mehr bekommen, obwohl sie noch eins wollte."

„Hat sie mich in einem Kinderheim gefunden?"

Oma nickt.

„Weißt du, warum ich in einem Heim war?"

„Das hat man uns nicht gesagt." Oma seufzt. „Inzwischen sind fast vierzig Jahre vergangen und die DDR gibt es nicht mehr."

„Was hat denn die DDR damit zu tun?", frage ich.

„Nun …" Die Oma seufzt noch einmal. „Ich werde es euch erzählen." Sie räuspert sich und gießt uns Kaffee nach. „Deine Mutter hatte eine Freundin, die im Amt arbeitete."

„In welchem Amt?"

Oma zuckt mit der Schulter.

„Ich weiß nicht, wie das damals hieß, irgendwas mit Jugend. Für eine Adoption war ein gutes Ansehen wichtig. Am besten, man arbeitete bei der Volksbildung, der Armee oder Polizei. Aber deine Mutter war nur Verkäuferin beim Konsum und dein Vater Elektriker. Er wollte immer zur See fahren." Oma lacht. „Als ob das damals so einfach möglich war. Jedenfalls faselte er ständig von fremden Ländern."

„Stimmt!", erinnert sich Mia. „Ich konnte mir unter fremden Ländern nichts vorstellen, doch ich liebte Papas Geschichten sehr. Im Sommer nach der Wende fuhren wir mit unserem Trabi (Trabant) und dem kleinen Anhänger nicht wie bisher in die Lausitz, sondern nach Italien. Wir fuhren die ganze Nacht. Dann weckte mich Vati und sagte, dass wir in einem ganz anderen Land sind, das Österreich heißt. Ich sah unglaublich hohe Berge und dann jubelte Mama: *Wir sind in Italien! Nie hätte ich das für möglich gehalten.* Am Gardasee baute Vati unser Zelt auf, während uns viele Leute zuschauten. Sie bestaunten unser Auto und unser kleines Zelt und redeten in einer Sprache, die keiner von uns verstand. Es war Italienisch, weshalb ich später unbedingt Italienisch lernen wollte. Nach diesem Sommer kam ich in die Schule. Sobald ich lesen konnte, verschlang ich Geschichten über ferne

Länder und verbrachte später meine Ferien meist am Gardasee." Mia strahlt mich an. „Diese Reisen haben mich geprägt."

Das glaube ich gern. Aber ich will jetzt nichts über ihre Reisen erfahren, sondern über die Adoption.

„Was war denn mit der Freundin, die im Jugendamt arbeitete?", hake ich ungeduldig nach.

„Diese Freundin empfahl deinen Eltern, in die SED einzutreten."

„Warum denn das?"

„Weil Parteimitglieder als zuverlässig bei der Erziehung ihrer Kinder galten, was die Adoption erleichtert."

Auch meine Eltern waren in der Partei und Mutter zusätzlich noch Parteisekretär in der Volksbildung.

„Wie heißt diese Freundin?"

„Das weiß ich nicht. Ich kannte sie nicht näher und es ist auch viel zu lange her." Sie denkt nach. „Ich weiß nur noch, dass sich die Eltern nicht auf ein Neugeborenes versteifen sollten, weil ein älteres Kind leichter zu bekommen sei. Kurz nach ihrem Eintritt in die SED wurden sie ins Amt bestellt und kamen mit dir auf dem Arm nach Hause." Oma lächelt Mia an. „Das war kurz vor deinem zweiten Geburtstag."

Die Oma erinnert sich an viele Geschichten und Erlebnisse, aber an keine Details über die Adoption Nach zwei Stunden verabschieden wir uns.

„Wir wurden also adoptiert", stelle ich zufrieden fest.

Doch Mia weint.

„Nun stimmt meine gesamte Vergangenheit nicht mehr. Ich liebe meine Eltern und habe mir nie andere Eltern gewünscht."

„Aber ich. Sehr oft sogar, weil ich mich nie geliebt fühlte und schon immer spürte, dass irgend etwas nicht stimmt."

So sehr ich mich als Kind bemühte, alles richtig zu machen, es war doch immer falsch. Meine Fragen galten für Mutter als Widerspruch, ich sei rebellisch und würde mich nicht in die Gemeinschaft einfügen.

„Deine Eltern werden immer deine Eltern bleiben, weil sie dich liebevoll großgezogen haben. Aber es steht fest, dass wir unsere Wurzeln nicht kennen. Deshalb müssen wir unbedingt unsere leibliche Mutter finden."

„Du redest immer nur von der Mutter", tadelt Mia. „Unser Vater interessiert dich wohl nicht?"

„Doch, doch!", versichere ich schnell. „Vielleicht haben wir sogar Geschwister, Tanten, Großeltern?"

Mia seufzt.

*****

Im Internet erfahren wir, dass bei einer Adoption im Geburtenregister ein entsprechender Randvermerk steht, aber in der Geburtsurkunde nur die Adoptiveltern aufgeführt werden. Nur das Geburtenregister enthält Angaben sowohl über die leiblichen als auch über die Adoptiveltern.

Wir beschließen, gemeinsam mit unseren Geburtsurkunden und dem DNA-Test zum Standesamt zu gehen und uns das Geburtenregister vorlegen zu lassen.

Noch am gleichen Tag sprechen wir im Stadtamt Erfurt vor. Doch Mia ist nicht im Geburtenregister verzeichnet.

„Wie ist das möglich?"

„Sie sind offensichtlich nicht in Erfurt geboren."

„Aber auf meiner Geburtsurkunde steht Erfurt als Geburtsort."

„Auf der Urkunde Ihrer Schwester steht Karl-Marx-Stadt. Versuchen Sie es dort."

Uns war überhaupt nicht aufgefallen, dass bei Mia als Geburtsort Erfurt und bei mir Karl-Marx-Stadt steht, obwohl Zwillinge immer im gleichen Ort zur Welt kommen.

„Ist das nicht Urkundenfälschung?", frage ich entsetzt. „Es muss doch der wirkliche Geburtsort in der Geburtsurkunde stehen."

„Wieso? Es stehen ja auch nicht die wirklichen Eltern in der Geburtsurkunde."

„Ich finde das furchtbar und vertraue ab sofort keiner Amtsurkunde mehr."

Mia schweigt.

„Warum sagst du nichts? Was denkst du darüber?"

„Ich denke gar nichts."

„Du denkst nichts? Aber das geht doch nicht."

Ich denke immer. Manchmal denkt *es mich*. Das heißt, irgendein Gedanke kreiselt immer in meinem Kopf, oft mehrere gleichzeitig.

„Ich weiß, was du meinst. Aber das Denken habe ich mir abgewöhnt, weil es nichts bringt. Ich *plane*, was gemacht werden muss. Die Arbeit. Die Kinder. Der Haushalt. Schreiben und Lesen. Das funktioniert wunderbar und ist viel angenehmer als dieses sinnlose Gedenke."

Mia lächelt und schaut mich herausfordernd an. Ich lächle zurück, weil mir das Wort *Gedenke* gefällt. Auch ich erfinde oft neue Worte, die zur Situation besser passen als die, die jeder benutzt. Aber dass Mia nicht offen redet und nicht einmal nachdenkt, gefällt mir gar nicht. Das ist ein deutlicher Unterschied zu mir.

„Am Freitag habe ich meine nächste Lesung."

„Das ist ja wunderbar!"

„Wunderbar? Ich sterbe vor Lampenfieber, weil ich nicht gern im Mittelpunkt stehe. Schreiben ist eine einsame Tätigkeit. Publikum brauche ich nicht."

Das verstehe ich gut. Auch ich sitze lieber allein an meinem Schreibtisch.

„Mein Verlag organisiert keine Lesereisen. Dafür ist

er zu klein. Aber mein Chef will, dass ich in unserer Bibliothek lese und hat dazu die Buchhändler von ganz Erfurt und Umgebung eingeladen, um Werbung für mein Buch zu machen."

„Dein Chef scheint schwer in Ordnung zu sein." Schließlich hat er keinen persönlichen Vorteil davon, wenn Mias Bücher in den Buchhandlungen gut verkauft werden.

„Aber ich habe mich wegen der ganzen Aufregung um die blöde Adoption überhaupt nicht vorbereitet." Vorwurfsvoll schaut mich Mia an, als wäre allein ich daran schuld.

„Eine Lesung ist eine wunderbare Gelegenheit für dich, mit deinen Lesern und vor allem Buchhandlungen in Kontakt zu kommen."

„Ich brauche keinen Kontakt!", schreit sie fast. „Ich brauche nur meine Ruhe."

Irritiert weiche ich ein wenig zurück. Offenbar fühlt sich Mia in ihrem gewohnten Alltag gestört. Das kommt wohl daher, weil sie in einer Bibliothek arbeitet und ein festes Gehalt bezieht. Sie ist nicht wie andere Autoren vom Verkauf ihrer Bücher abhängig.

„Ich habe eine Idee", verkünde ich aufgeregt. „Ich werde dich zu deiner Lesung begleiten, dich unterstützen."

„Bewahre! Nein! Wirklich nicht!"

„Was willst du mir eigentlich damit sagen?"

„Nichts", flüstert sie und fügt dann lauter und sehr

bestimmt hinzu: „Oder doch! Ich muss das alles erst einmal sacken lassen und mich um meine Familie kümmern."

„Ich *bin* deine Familie."

„Auch. Aber ich habe auch einen Mann und zwei Söhne, die ich schon länger kenne und liebe als dich. Mir wird das jetzt zu viel."

Mir brennen die Augen. Ich werde ihr zu viel? Ich störe ihre Familie und ihren Alltag.

„Willst du keinen Kontakt mehr?", frage ich ängstlich.

Mia umarmt mich.

„Es ist schön, dass wir uns gefunden haben. Mehr will ich nicht."

„Ich schon. Ich will jetzt alles wissen. Wer uns geboren hat und weshalb wir adoptiert wurden. Du nicht?"

„Nein", gesteht Mia leise und schüttelt den Kopf.

„Ich vermisse mein Leben. Verstehst du?"

„Nein, ich verstehe nicht."

„Alles war gut und einfach. Mein Mann, meine Kinder, meine Arbeit. Jetzt ist alles durcheinander."

„Was denn genau?"

Mia antwortet nicht. Sie kramt in ihrer Tasche und tut so, als suche sie etwas.

„Das heißt, du kommst nicht nach Chemnitz, um mit mir nach unserer Vergangenheit zu forschen?"

Mia schüttelt den Kopf.

„Es bringt nichts. Du hast selbst gemerkt, dass die

Unterlagen nicht stimmen. Der ganze Aufwand ..."

„Wir haben ein Recht darauf, zu erfahren, wer unsere leiblichen Eltern sind und warum wir adoptiert wurden."

„Ich will dieses Recht nicht nutzen. Ich habe keine Lust, mir mit der Vergangenheit meine Gegenwart zu verderben. Verstehst du das nicht?"

„Nein, das verstehe ich nicht."

Mia umfasst sanft meinen Arm.

„Du solltest jetzt nach Hause fahren. Ich melde mich. Aber nicht so bald."

Fassungslos starre ich sie an. Mia umarmt mich steif und haucht mir einen Kuss auf die Wange. Dann dreht sie sich um und läuft davon. Sie lässt mich einfach stehen.

Mia will in ihr altes Leben zurück, ein Leben, in dem sie mich nicht kannte. Aber jetzt kennt sie mich. Jetzt ist jetzt. Sie kann die Zeit nicht zurückdrehen und so tun, als hätten wir uns nicht gefunden. Wir sind Zwillinge. Wären wir zusammen aufgewachsen, wären wir jetzt unzertrennlich. Genau so läuft das bei eineiigen Zwillingen. Sie begreift es nur nicht. Oder bin ich es, die nichts begreift? Ich weiß es nicht. Es ist alles so verwirrend.

Daheim

Ich habe Lust, mich zu betrinken. Aber ich finde nur eine halbe Flasche Rotwein und weiß nicht, wie lange die schon offen auf der Ablage steht. Doch das ist mir jetzt gleichgültig. Immerhin kann ich mich noch soweit beherrschen, dass ich den Wein in ein Glas fülle und nicht aus der Flasche trinke. Ich leere das Glas mit einem einzigen großen Schluck. Der Wein steigt mir sofort in den Kopf und macht meine Arme schwer. Umso besser! Im Regal entdecke ich noch einen Rest Ramazotti und Amaretto, doch beide Liköre sind süß und verursachen mir Kopfschmerzen. Verärgert über mich selbst lasse ich mich aufs Sofa fallen.

Am liebsten würde ich jetzt in die Wanne steigen und ganz lange heiß baden. Aber ich habe keine Wanne. Die Dusche muss reichen. Danach fühle ich mich schwer wie Blei, sinke wieder aufs Sofa und stopfe eine ganze Packung belgisches Kakaogebäck in mich hinein, wovon mir speiübel wird.

Ich überlege, wen ich anrufen könnte. Ich brauche Trost, Ablenkung, jemand, der mir zuhört und mich versteht. Aber alle meine Freunde haben Familie. Nur ich nicht.

Detlef fällt mir ein. Heike wird längst im Bett liegen und schlafen. Also rufe ich ihn an.

„Du musst kommen. Sofort!", verlange ich.

Detlef kommt sofort.

„Du siehst beschissen aus."

„Genau das wollte ich jetzt hören", heule ich sofort los.

„Ich koche dir jetzt einen Tee und dann erzählst du mir alles."

„Schnaps wäre mir lieber", moniere ich mürrisch, während Detlef den Wasserkocher füllt.

Ich zeige ihm das Selfie von mir und Mia.

„Das ist meine Zwillingsschwester."

„Du hast nie gesagt, dass du eine Schwester hast."

„Natürlich nicht, weil ich es selbst nicht wusste."

Detlef lacht.

„Du wusstest nicht, dass du eine Schwester hast?"

Ich erzähle, wie ich Mia zufällig auf der Leipziger Buchmesse fand und inzwischen weiß, dass sie mein eineiiger Zwilling ist. Dass meine Eltern behaupten, ich sei ihre leibliche Tochter, schließlich stehen sie als meine Eltern in meiner Geburtsurkunde.

„Ich weiß, dass Mia adoptiert wurde. Aber warum lebte sie nicht bei uns? Seltsam ist, dass es von mir kein einziges Foto gibt, auf dem ich ein Baby bin. Mein Bruder sagt, er erinnert sich erst an mich, als ich zwei Jahre alt war. Deshalb glaube ich, dass auch ich adoptiert wurde und zwar mit etwa zwei Jahren. Doch meine Mutter streitet das ab."

Detlef kratzt sich am Kopf und blinzelt nervös mit seinen Augen.

„Man kann einen Auszug vom Geburtenregister beantragen, woraus man erfährt, ob man adoptiert wurde."

„Dann mach das doch!"

„Mia hat es versucht, aber von ihr gibt es kein Geburtenregister, zumindest nicht in Erfurt."

„Erfurt? Wieso Erfurt?"

„Sie lebt in Erfurt und in ihrer Geburtsurkunde steht Erfurt als Geburtsort. Aber das kann nicht stimmen, denn in Erfurt gibt es von ihr kein Geburtenregister. Vielleicht wurde sie in Karl-Marx-Stadt geboren."

„Wieso?"

„Weil Karl-Marx-Stadt in meiner Geburtsurkunde steht und Mia und ich Zwillinge sind."

Detlef schüttelt zweifelnd seinen Kopf.

„Noch mal von vorn: Du hast plötzlich eine Zwillingsschwester, die genauso aussieht wie du?"

„Sag ich doch die ganze Zeit."

„Das ist ja ein dickes Ding!", ruft er aus.

„Du nimmst mich nicht ernst!", beklage ich mich.

„Doch. Deine Geschichte ist nur so unglaublich."

„Du glaubst mir nicht?"

Entrüstet wende ich mein Gesicht ab. Es ist zum Heulen. Meine Eltern weichen mir aus und wollen mir nicht helfen und nun auch noch Detlef. Er legt seinen rechten Arm um meine Schulter und streicht mit der linken die Haare aus meinem Gesicht.

„Ich glaube dir. Wirklich! Deine Geschichte ist nur so unwahrscheinlich, so seltsam, so merkwürdig.

Du weißt schon, wie ich das meine."

„Ich will wissen, ob meine Eltern wirklich meine leiblichen Eltern sind und warum ich nicht mit meiner Schwester aufgewachsen bin."

„Das verstehe ich."

„Aber Mia versteht das nicht. Sie will an der Vergangenheit nicht rühren."

„Das ist ihr gutes Recht."

„Fällst du mir jetzt in den Rücken?", frage ich und weine heftiger.

„Aber nein!" Detlef boxt mit der Faust gegen meine Schulter. „Du beantragst deinen Geburtenregisterauszug."

Ich zucke hilflos mit der Schulter, weil ich mich auf einmal so schwach und allein fühle.

„Los! Mach deinen Computer an! So etwas macht man heutzutage online."

Ungläubig starre ich Detlef an, doch der hat bereits meinen Laptop hochgefahren, das Stadtamt aufgerufen und fragt mich nach all den Daten, die im Antrag verlangt werden und hängt meine Ausweiskopie an.

„Sag mir Bescheid, wenn die Antwort da ist!"

Ich nicke.

„Und Mia?"

„Die beruhigt sich wieder. Spätestens, wenn du ihr erzählst, was in deinem Geburtenregister steht."

„Meinst du?"

„Meine ich. Und jetzt geh ins Bett und schlaf!"

Detlef umarmt mich und geht zur Tür. Dort dreht er sich noch einmal um.

„Mandy, ich muss mit dir reden. Es ist wichtig. Komm morgen zu mir ins Büro. Gleich früh."

„Was ist denn?"

„Sage ich dir morgen. Jetzt schlaf!"

Ich liege in meinem Bett und bete. Nichts mit Gott und Amen oder so. Im Text einer Psychologin, den ich lektorierte, stand, dass man besser und leichter einschlafen kann mit einem Ritual. Man sollte für den vergangenen Tag danken und alle schlechten Gedanken und Gefühle loslassen, von Körper und Seele fernhalten. Danach sollte man um Schutz für den nächsten Tag bitten und kann beruhigt einschlafen. Doch bei mir funktioniert das nicht. Ich bin zu ernst, zu sachlich, mir fehlt der undefinierbare Glaube. Mir schwirrt so viel durch den Kopf, dass ich keine Ruhe finde. Ich denke an meine beiden Mütter, an die, die mich geboren hat und an die, bei der ich aufwuchs, an Mia, die mich nicht mehr sehen will, an meinen Antrag auf den Geburtenregisterauszug und an Detlef. Was will er Wichtiges mit mir besprechen?

*****

Am nächsten Morgen werde ich bereits vor sechs Uhr wach und fühle mich frisch und ausgeschlafen.

Voller Tatendrang dusche ich und ziehe mir Jeans und eine Bluse an. Ich habe mir angewöhnt, korrekt gekleidet und frisiert am Schreibtisch zu sitzen, als wäre ich in einem Büro mit vielen Kollegen und erwarte wichtige Kunden. Bei mir gibt es zwar keine Videokonferenzen, aber ich habe gemerkt, dass ich in Pulli und Jogginghose oder gar im Nachthemd ziemlich lässig im Drehstuhl fläze und unangebracht locker telefoniere. Das ist nicht gut. Kleidung beeinflusst die Stimmung, die Ausdrucksweise und auch die Körperhaltung.

Mir fällt ein, dass ich bis morgen einen Terminauftrag fertigstellen muss. Den hatte ich glatt vergessen. Kurz denke ich an Mia, weil es ihr mit ihrer Lesung in Köln genauso ging.

Rechts unten auf dem Bildschirm ploppt Detlefs Gesicht auf und die Frage, wo ich bleibe.

Keine Zeit, schreibe ich zurück. *Melde mich gegen Abend.*

*****

„Willst du die Wohnung kaufen?", fragt Detlef ohne jede Einleitung und dreht sich mit ausgebreiteten Armen in meinem Zimmer im Kreis.

„Machst du Witze?"

„Nein. Es ist mein voller Ernst. Ich habe sie bereits auf mehreren Portalen für 72.000 Euro angeboten, aber dir würde ich sie für 65.000 überlassen", sagt er feierlich, als würde er mir ein Geschenk machen.

Entsetzt starre ich ihn an und hoffe, er macht nur einen dummen Scherz. Aber Detlef lacht nicht. Er schaut mich ernst und ein wenig verlegen an.

„Ich brauche die Kohle", sagt er leise.

„Wofür? Für ein neues Auto?"

„Nein. Die Autos bekomme ich vom Autohaus, für das ich arbeite. Ich will umbauen."

„Umbauen? Warum willst du meine Wohnung umbauen? Sie ist gut, so wie sie ist."

„Deine Wohnung ist in Ordnung. Ich muss sie verkaufen, weil ich das Geld für *meine* Wohnung brauche. Von der Bank kriege ich keinen Kredit, zumal ich noch den behindertengerechten Umbau für den Galaxy abstottere."

Detlef lebt mit Heike in zwei sehr großzügig eingerichteten Etagen, die mit einer Wendeltreppe miteinander verbunden sind. Vor drei Jahren ließ er einen Treppenlift einbauen, mit dem Heike hinauf ins Schlafzimmer gelangen kann.

„Was hast du vor?", frage ich, obwohl es mich nicht wirklich interessiert.

Mir kreist nur ein einziger schrecklicher Gedanke durch den Kopf: Muss ich jetzt ausziehen?

„Heike ist zwar leicht wie eine Feder und ich trage sie, wenn ich daheim bin, aber ein Lift im Treppenhaus und eine Rampe für die Stufen bis zur Haustür sind nötig, damit sie ohne Hilfe nach draußen kann. Das Bad braucht eine bodentiefe Dusche und sämtliche Türen sollen verbreitern werden, damit sich Heike in ihrem Rollstuhl bequemer in der Wohnung bewegen kann. Die Krankenkasse gibt zwar etwas dazu, aber das ist Vogelfutter."

„Vogelfutter?", frage ich entgeistert.

„Wenig halt, viel zu wenig. Wenn ich sämtliche Fördermittel und Zuschüsse abziehe, bleiben mir noch knapp 60.000 Euro, die ich aufbringen muss. Das ist viel Geld. Ich verdiene gut, doch manchmal weniger als Heikes Monatspauschale für ihre Behinderung."

„Und was wird aus mir? Wenn du meine Wohnung verkaufst, will der Käufer einziehen oder zumindest mehr Miete verlangen."

Das hat mir gerade noch gefehlt. Ich wohne sehr günstig für nur zweihundert Euro mitten in der Stadt und trotzdem ruhig. Für so wenig Geld bekomme ich schwer etwas Gleichwertiges.

„So ein Mist!", sage ich laut und spüre, wie mir plötzlich schrecklich heiß wird.

Mich regt es furchtbar auf, dass ich über dieses Problem nachdenken muss. Ich mag keine Veränderungen, schon gar nicht solch drastischen.

„Tut mir leid, aber es muss sein und zwar so schnell wie irgend möglich."

„Meinst du, du findest heutzutage so schnell einen Interessenten?", frage ich und hoffe, sachlich und kühl zu klingen.

Immerhin habe ich gelesen, dass der Immobilienmarkt zur Zeit total eingebrochen ist. Außerdem halte ich den Preis für viel zu hoch.

„Ich habe bereits drei Interessenten", antwortet Detlef und schaut mich nicht an dabei. „Aber ich wollte zuerst dich fragen."

Zuerst mich fragen, wenn er bereits drei potentielle Käufer hat?

„Was soll ich denn jetzt machen?", schreie ich ihn an.

Fassungslos lasse ich die Schultern hängen. Mich packt die Angst und ich fange an zu schwitzen. Ich drehe meinen Kopf zur Seite und versuche, unauffällig an meiner Bluse zu riechen. Sie ist aus Polyester und klebt an Rücken und Armen. Ich weiß, dass ich diesen Stoff nicht vertrage, aber ich kaufte sie, weil das Muster so hübsch ist: Streublümchen auf grünblauem Grund.

„Willst du die Wohnung? Wie gesagt: sieben Tausender günstiger."

„Natürlich will ich die Wohnung, aber ich will sie nicht kaufen, weil ich sie gar nicht kaufen kann. Ich bin wie du selbständig und bekomme genau wie du keinen Kredit und würde auch keinen haben wollen. Du weißt ja selbst, wie das ist: mal läuft es finanziell gut und im nächsten Monat kann man kaum das Geld für die Miete aufbringen." Trotzig füge ich hinzu: „Und doch habe ich meine Miete immer pünktlich bezahlt."

„Verstehe", murmelt Detlef und streicht mit seiner Hand beruhigend über meine Schulter. „Naja, es ist ja noch nicht soweit. Ich wollte es dir nur gesagt haben."

„Ausgerechnet jetzt, wo ich genug Probleme habe, nach mir selbst zu suchen."

„Du bist schon du und musst dich nicht suchen." Er stupst gegen meine Schulter. „Du hast deine Zwillingsschwester gefunden, obwohl du sie gar nicht gesucht hast."

Detlef nimmt mich in den Arm, aber ich schiebe ihn fort, obwohl ich mich am liebsten an seiner Schulter ausgeheult hätte.

„Entspanne dich!", empfiehlt er. „Fahr mal weg! An die Nordsee zum Beispiel."

„Nordsee? Was soll ich da?"

„Mal auf andere Gedanken kommen."

Woher sollten diese anderen Gedanken kommen? Ich habe zur Zeit nur einen einzigen Gedanken: Woher komme ich? Aus diesem einen Gedanken bilden sich viele andere Gedanken. Unzählige. Ganze Geschichten.

„Ich kann hier nicht weg. Ich muss meine Wurzeln suchen."

„Nimm dir Zeit!"

„Es ist genug Zeit vergangen. Jetzt brauche ich Antworten."

„Deine Ahnenforschung ist erst einmal wichtiger als der Wohnungsverkauf. Ich helfe dir. Versprochen."

Er schaut sich um und legt seine Hand prüfend auf die Heizung. Taxiert er schon den Verkaufswert?

„Die Heizung ist warm, trotzdem ist es kalt hier."

Der spinnt. Ich schwitze, obwohl ich normalerweise eher friere, und fühle mich hilflos und gleichzeitig wütend. Der Zorn über Detlefs Nachricht treibt mir die Hitze ins Gesicht und lässt meine Handflächen brennen. Ich brauche dringend eine kalte Dusche.

„Du findest allein raus?", zische ich.

Ich zeige mit dem Arm zur Tür und gehe schwer enttäuscht ins Bad. Dort schlägt mir eiskalte Luft entgegen. Ich hatte nach dem Lüften vergessen, die Fenster in Bad und Schlafstube wieder zu schließen. Nun waren sie fast vier Stunden offen und das bei kaum zwei Grad Außentemperatur, obwohl es Mitte Mai viel wärmer sein sollte. Ich weiß nicht, ob man es Eisheilige oder Schafskälte nennt. Es ist auch gleichgültig, wenn es nur nicht so entsetzlich kalt wäre. Eilig schließe ich die Fenster, drehe die Heizung voll auf und kuschle mich in eine Decke. Ich bin wütend. Wütend auf mich, weil ich an der kalten Wohnung selbst schuld bin und wütend auf Detlef, weil er die Wohnung verkaufen will und wütend auf Mia, weil sie nicht nach unserer Mutter suchen will. Ich bin auf die ganze Welt wütend.

Vorhin habe ich geschwitzt, doch jetzt friere ich, obwohl das Zimmer inzwischen warm geworden ist und ich mich in eine zweite Decke gehüllt habe.

Vermutlich friere ich von innen. Das ist der Schock, ein doppelter Schock: Ich habe meine Zwillingsschwester gefunden, die ich gar nicht suchte und muss mir eine neue Wohnung suchen, die ich im Leben nicht finden werde.

Duschen kann helfen, eine ganz besonders heiße Dusche. Aber das heiße Wasser macht nur meine Haut rot wie eine Tomate, an meine innere Kälte gelangt es nicht.

Suche

Ich habe keine Erinnerungen an das, was mir meine leibliche Mutter vererbte. Ich habe nur falsche Erinnerungen, oberflächliche, die nichts mit meinen Ahnen und meinen Wurzeln zu tun haben. Ich erinnere mich nicht einmal an meine wirkliche Kindheit, weil sie nicht schön war und ich alles verdrängte. Nur an Geschichten aus meinen Büchern erinnere ich mich, an *Hanni und Nanni,* die *Höhlenkinder,* die in der Steinzeit leben, die fantastischen *Nebel von Avalon* und andere Märchen. Doch am meisten mochte ich das *doppelte Lottchen,* das ich immer bei mir trug: im Schulranzen und sogar im Bett. Ich wünschte mir von ganzem Herzen eine Schwester, eine Zwillingsschwester, die genauso war wie ich, die alles mit mir teilte, meine Freude und meinen Kummer.

Jetzt hatte ich mit Mia genau diese Schwester gefunden und könnte jubeln vor Glück.

Zwei Tage später erhalte ich vom Amt die gleiche Antwort wie Mia, dass ich nicht im Geburtenregister verzeichnet bin. Es wurde also bei uns beiden der falsche Geburtsort angegeben, was offenbar bei Adoptionen rechtens ist. Doch wenn wir nicht wissen, in welchem Ort wir geboren wurden, wissen wir auch nicht, wo wir einen Auszug aus dem Geburtenregister beantragen müssen und erfahren somit nichts über unsere leiblichen Eltern. Wir kennen nicht einmal ihre Namen.

Mia scheint darüber nicht traurig zu sein. Aber mich macht die Tatsache wütend, dass ich nicht weiß, woher ich stamme und wer meine leiblichen Eltern sind. Ich will wissen, warum sie mich weggaben. In der DDR gab es keine Not und keine Armut, also keinen Grund, sein Kind abzugeben.

Ich glaube, wir sollen einen Anwalt einschalten, der herausfindet, wer wir sind, weil wir es nicht selbst herausfinden können.

Am nächsten Tag gehe ich selbst zum Bürgeramt. Doch man lässt mich nicht hinein, weil ich keinen Termin habe. Seit der Pandemie kann man nicht einfach mit seinem Anliegen zum Amt gehen. Man muss sich anmelden. Das ist für die Mitarbeiter bequem, hilft mir aber im Moment nicht weiter.

Noch vor dem Haus rufe ich in der Zentrale an und erhalte einen Termin in der nächsten Woche. Die Tage vergehen schrecklich langsam, bis ich endlich in der Amtsstube stehe und meine Unterlagen vorlegen kann mit der Bitte, mich bei der Suche nach meinen Eltern zu unterstützen.

„Tut mir leid, dafür sind wir nicht zuständig."

„Konnten Sie mir das nicht gleich am Telefon sagen?"

Die Frau wendet sich ihren Papieren zu und achtet nicht mehr auf mich.

„Bitte, sagen Sie mir, wer zuständig ist und an wen ich mich wenden kann", fordere ich angespannt.

Meine Muskeln schmerzen vor Anstrengung, mich so gefasst wie möglich zu verhalten. Dabei platze ich fast vor Ungeduld und Ärger, weil auch dieser Weg zum gefühlt hundertsten Amt vergebens war.

„Versuchen sie es im Jugendamt, wo die Adoptionsakten aufbewahrt werden."

Dort ist man zumindest am Telefon freundlicher. Als ich vier Tage später direkt im Büro vorsprechen darf, erfahre ich, dass es keine Akten über eine Adoption von meiner Schwester und mir gibt. Ich bin also wieder völlig vergebens zum Amt gefahren, habe Parkgebühren bezahlt und Zeit vergeudet. Von Mia und mir gibt es keine Akten, weil wir weder in Chemnitz bzw. Karl-Marx-Stadt noch in Erfurt adoptiert wurden. Wo sollen wir suchen? Wo wurden wir geboren?

„Ich lasse Ihnen meine Karte hier und die Kopie meiner Geburtsurkunde. Vielleicht fällt Ihnen etwas ein, was mir weiterhilft."

Beim Verlassen des Büros sehe ich aus den Augenwinkeln, wie die Mitarbeiterin meine Karte in den Papierkorb fallen lässt. Trotzdem gehe ich nicht zurück, weil es nichts bringt, die Frau zur Rede zu stellen. Ich lasse mich auf einen Stuhl im Wartebereich auf dem Gang fallen und bin den Tränen nahe. Nur nicht heulen! Die Leute gucken schon.

*****

Vermutlich verbrachten wir unsere ersten beiden Lebensjahre in einem Kinderheim. Mias Oma weiß, dass Mia kurz vor ihrem zweiten Geburtstag in die Familie kam und mein Bruder erinnert sich erst an mich, als ich zwei oder drei Jahre alt war. Auch gibt es weder von Mia noch von mir Babyfotos. Das heißt, wir wurden erst mit zwei Jahren adoptiert. Deshalb setze ich mich daheim sofort an den Computer und gebe *Kinderheime in der DDR* ein. Ich lese: *Insgesamt gab es in der DDR 662 Heime, davon 456 Normalheime mit 22.000 Plätzen, 168 Spezialheime mit 10.000 Plätzen und 38 Jugendwerkhöfe.*

Was ein Jugendwerkhof ist, wird wenige Zeilen

später erklärt.

Von 1949 bis 1990 durchliefen 495.000 Minderjäh-rige das Heimsystem der DDR. In der sozialisti-schen Gesellschaft galt das Kollektiv als die beste aller Lebensformen. Kinder und Jugendliche, die sich nicht freiwillig den gesellschaftlichen Regel unterwarfen, sollten durch die Heimerziehung zum Umdenken bewegt und zur Einsicht gebracht wer-den, notfalls durch das gewaltsame Brechen ihres Willens.

Das ist ja grauenhaft! Davon wusste ich nichts. Weder meine Eltern noch meine Lehrer haben mir davon erzählt. Ich wusste auch nicht, dass es so schrecklich viele Heime gab. 456 Normalheime mit 22.000 Plätzen! Ich glaube nicht, dass es noch einige dieser Heime gibt. Und wenn schon, wo soll ich mit meiner Suche anfangen? Wo werden die Adoptionsunterlagen aufbewahrt? Was soll ich Mia sagen?

Am Abend klingelt mein Telefon.
„Ich will Ihnen meinen Namen nicht sagen. Nur so viel: Suchen Sie in Freiberg!"
„Wonach?"
„Nach Ihren Akten."
Freiberg. Ich mag diese kleine Stadt und besuche sie hin und wieder, weil mir der historische Stadt-kern so gut gefällt. Freiberg ist kaum vierzig Kilo-meter von Chemnitz entfernt.

„Woher wissen Sie das?"

„Ich weiß gar nichts. Ich erinnere mich nur an die Geschichte einer Bekannten. Sie hat mir von einer Adoption von Zwillingen erzählt. Das muss kurz vor der Wende gewesen sein. Ihr tat die junge Mutter leid, die jeden Tag ins Amt kam und völlig aufgelöst nach ihren Kindern fragte."

Das könnten Mia und ich gewesen sein, da wir 1984 geboren und vermutlich zwei Jahre später adoptiert wurden.

„Freiberg also?"

„Die junge Frau war sehr verzweifelt und schlug eines Tages so viel Krach, dass man die Polizei rief. Danach kam sie nicht wieder."

„Was ist danach geschehen?"

Die Frau antwortet nicht.

„Kann ich mit Ihrer Bekannten sprechen?"

„Lieber nicht."

Die Unbekannte hat aufgelegt.

Ich rufe sofort Mia an und erzähle ihr, dass unsere Mutter nach uns gesucht hat und uns nie weggeben wollte.

„Doch am Ende muss sie der Adoption zugestimmt haben", entgegnet Mia kühl.

Da muss ich ihr Recht geben. Doch nun habe ich einen neuen Ansatz, wo ich nach unseren Wurzeln suchen kann: Freiberg.

Am gleichen Tag rufe ich im Freiberger Jugendamt an und bitte um einen Besuchstermin am nächsten Tag, um meine Adoptionsunterlagen einzusehen. Per Handy schicke ich ihnen meine Daten.

Pünktlich klopfe ich an die Bürotür und stelle mich vor.

„Den Weg hätten Sie sich sparen können, da in Ihrem Fall das Akteneinsichtsrecht eingeschränkt ist."

„Was heißt das?"

„Das sind Angaben über Ihre Eltern oder Adoptiveltern, die nichts mit der direkten Adoption zu tun haben."

„Aber vielleicht sind sie wichtig für mich, damit ich alles besser verstehe. Schließlich geht es um mich und meine Schwester und um *unsere* Eltern."

Die Beamtin zuckt mit der Schulter.

„Alle Adoptionsakten unterliegen dem bundesdeutschen Archivrecht und sind daher sechzig Jahre lang geschlossen."

„Wie bitte?", rufe ich empört aus.

„Mir sind die Hände gebunden. Tut mir leid."

Es geht um mich! Aber diese fremde Frau maßt sich an, mir meine eigene Akte zu verweigern. Ich lehne mich gegen die Schreibtischkante und spüre, wie sie sich in meinen Oberschenkel bohrt. Mit den Fingerknöcheln klopfe ich gegen die Glasscheibe, die zwischen mir und der Frau eine hygienisch einwandfreie Grenze zieht. Die Frau schaut auf und runzelt die Stirn.

„Es ist alles gesagt."

Gleich werde ich umfallen oder schreien. Aber nichts davon passiert. Wie gelähmt lehne ich am Tisch, obwohl mir klar ist, dass ich hier nichts mehr erreiche.

„Was kann ich tun? Wohin kann ich mich wenden, um eine Auskunft zu bekommen?", frage ich leise und hoffe, dass die Frau mich hört.

„Wenden Sie sich ans Standesamt und lassen Sie sich einen beglaubigten Geburtenregisterauszug geben!"

Endlich kann ich mich bewegen und suche mit den Augen den Ausgang. Als ich ihn entdecke, drehe ich mich abrupt um und renne hinaus.

Jetzt könnte ich den Auszug erhalten, falls wir wirklich in Freiberg geboren wurden. Aber heute ist Mittwoch und das Amt geschlossen. Ich versuche es telefonisch, doch es hebt keiner ab. Also fahre ich unverrichteter Dinge zurück nach Chemnitz.

Während der Heimfahrt höre ich 80er Hits im Radio und singe laut mit. Ich singe sehr gern, obwohl ich weiß, dass ich keinen richtigen Ton treffe. Aber das Singen hebt die Stimmung. Nur heute funktioniert das nicht.

Der Sprecher behauptet, morgen sei Sommeranfang, obwohl morgen erst der erste Juni ist. Dieses Datum dachten sich die Meteorologen aus, weil es ihre Datenerfassung erleichtert. Mir leuchtet nicht ein, warum sie die Zeit um drei volle Wochen vorzogen statt sie um nur eine Woche nach hinten zu verschieben, was sich zusätzlich noch mit den vier Quartalen des Jahres decken würde. Aber auch dieses Verschieben wäre nicht in Ordnung, da die Jahreszeiten auf der Position der Erde in Bezug auf die Sonne basieren. Der Sommeranfang zeigt den längsten Tag und die kürzeste Nacht und zwar am 20. Juni. Der Frühlingsanfang fand genau zur Leipziger Buchmesse statt, am 20. März während der Tag- und Nachtgleiche. An diesem Tag waren also Tag und Nacht gleichlang. Mich ärgert auch seit Jahren die Zeitumstellung, wenn im März die Uhren um eine Stunde vorgestellt werden. Mir leuchtet der Sinn nicht ein, zumal die falsche Zeit zwei Monate länger ist als die richtige.

Daheim gebe ich *Geburtenregisterausdruck anfordern Freiberg* in meinen Computer ein und lese: *Wir bitten Sie, Urkunden möglichst online, per E-Mail oder schriftlich zu beantragen. Auf Grund neuer gesetzlicher Regelungen ist mit längeren Bearbeitungszeiten zu rechnen.*
Jetzt bin ich zum ersten Mal froh, dass die Anfrage online und ohne lästige Erklärungen und Fahrten erfolgt. Mich stört es plötzlich nicht mehr, dass sich keiner der Leute im Amt zuständig fühlt. Ich melde mich sofort online an und fülle alle erforderlichen

Daten aus. Nun heißt es Warten. Ich kann vieles, doch geduldig Warten gehört nicht dazu.

*****

Jeden Tag rufe ich Mia an, als müsste ich alles Versäumte der letzten vierzig Jahre nachholen und mich vergewissern, dass das Fantastische, jetzt eine Zwillingsschwester zu haben, tatsächlich mein neues Leben ist. Manchmal habe ich das Gefühl, dass ich sie nerve, denn sie ist oft in Eile und muss dies und jenes für ihre Söhne erledigen. Ich halte dies für eine Ausrede, denn die Jungs sind zwölf und vierzehn Jahre alt, können sich also locker selbst um alles kümmern.

Ich musste in diesem Alter den kompletten Haushalt allein stemmen inklusive der Wäsche für die ganze Familie. Stefan musste nichts tun, auch Vater nicht. *Das ist nichts für Männer,* sagte Mutter. Schon deshalb brauche ich keinen Mann, der nur Arbeit bedeutet: Putzen, Waschen und Kochen. Das mache ich nicht einmal für mich gern, geschweige für eine weitere Person. Am Ende wäre dieser Mann so chaotisch wie mein Bruder und würde seine Sachen überall herumliegen lassen. Mutter kaufte die Lebensmittel, den Rest der Arbeit überließ sie mir. Am meisten hasste ich, das Bad zu putzen und die Spuren von Stefan und Vater zu beseitigen.

*****

Drei Wochen später erhalte ich endlich den Ausdruck aus dem Geburtenregister. Darin heißt Mia
nicht Mia, sondern Sandy. Sandy und Mandy waren beliebte Mädchennamen in der DDR. Ich mag
meinen Namen Mandy sehr. Er klingt positiv und
ist recht kurz, weshalb ihn keiner verändert und
verstümmelt. Außerdem ist Mandy bereits eine Koseform und zwar von Amanda, was die Liebens-
werte bedeutet. Sandy ist die Koseform von Alexandra, was Kämpferin bedeutet. Mir sind Namen
sehr wichtig und ich glaube, unserer Mutter auch.
Sie hat sich offensichtlich viele Gedanken über
Herkunft und Bedeutung der Namen gemacht,
denn beide beginnen im Ursprung mit einem A:
Amanda und Alexandra. Die Kurzformen Mandy
und Sandy sind vom Klang her ebenso ähnlich wie
Zwillinge. Mir gefällt das.
Ich lese weiter.
*Mutter Astrid Heinrich, geboren am 07.07.1965 in
Freiberg, Facharbeiter für Datenverarbeitung.*
*Vater Heiko Heinrich, geboren am 19.02.1963 in
Freiberg, Facharbeiter für Bergbautechnologie.*
Mutter war also erst achtzehn Jahre alt, als sie uns
zur Welt brachte. Aber sie war verheiratet. Das
heißt, unser Vater hat sie nicht im Stich gelassen.
Oder erst, als wir zwei Jahre alt waren.
Außerdem sind die Namen unserer Adoptiveltern

aufgeführt und der Tag der Adoption: 19.02.1986, am Geburtstag unseres Vaters. Aber warum haben uns unsere Eltern zur Adoption freigegeben? Das begreife ich nicht.

Sofort beantrage ich eine erweiterte Meldeauskunft beim Bürgerservice über meine leiblichen Eltern und hänge den Geburtenregisterauszug an.

So erfahre ich, dass Mutter im Mai 1990 nach München verzogen ist und Vater im Februar 1987 verstarb, genau an seinem Geburtstag und auf den Tag genau ein Jahr nach unserer Adoption. Er ist nur vierundzwanzig Jahre alt geworden. Obwohl ich ihn nicht kenne, geht mir diese Information sehr nahe und ich weine um einen mir völlig unbekannten Mann, der mein Vater ist. Haben wir zwei Jahre lang bei unseren leiblichen Eltern gelebt? Oder gaben sie uns sofort nach der Geburt in ein Kinderheim? Vielleicht wurde Vater schwer krank und Mutter war mit uns und seiner Pflege überfordert? Ich habe viele Fragen und will unbedingt Antworten.

Ich rufe Mia an und erzähle ihr, dass ihr Geburtsname nicht Mia, sondern Sandy ist.

„Unser Vater ist bereits gestorben, Mutter heißt …"

„Fotografiere den Kram und schicke ihn mir!"

„Das mache ich sofort, aber du musst herkommen!", bestimme ich.

„Ich kann nicht. Ich kann hier nicht einfach so weg.

Ich muss täglich in die Bibliothek und mich um meine Jungs kümmern. Du dagegen hast keine Verpflichtungen."

Mia wirft mir vor, dass ich keine Familie zu versorgen habe. Ich muss zwar in keine Bibliothek, aber täglich mein Pensum lektorieren. Mia bekommt Gehalt, gleichgültig, ob sie viel oder wenig zu tun hat. Und sie bekommt Urlaub und Krankengeld. Ich nicht. Ich werde nach Anzahl der Seiten bezahlt, die ich bearbeitet habe. Habe ich nichts bearbeitet, erhalte ich keinen Cent. So gesehen habe ich mehr Verpflichtungen als Mia.

Meinen Ärger schlucke ich runter und sage: „Gut, dann komme ich."

„Ich will das nicht."

„Warum?"

Darauf antwortet sie nicht.

„Da Vater nicht mehr lebt, müssen wir nicht nach ihm suchen", stellt Mia trocken fest.

„Aber ich will wissen, woran er gestorben ist."

„Das macht ihn auch nicht wieder lebendig. Und Mutter hat zugelassen, dass wir mit zwei Jahren getrennt voneinander adoptiert werden."

„Auch dafür will ich eine Erklärung."

„Ich nicht. Mir ist diese Frau vollkommen gleichgültig."

„Aber es ist unsere Mutter!", rufe ich aus.

Ich atme langsam aus und versuche, mich zu beruhigen. Wie kann ihr unsere leibliche Mutter gleichgültig sein?

„Ich möchte nicht allein nach unserer Mutter suchen. Ich möchte, dass wir gemeinsam suchen."

Mia brummt etwas, was ich nicht verstehe, und legt auf. Interessiert sie sich wirklich nicht für unsere Geschichte? Das mag ich nicht glauben. Oder baut sie eine Art Blockade auf, eine innere Gefühlsbarriere, um sich vor unangenehmen Nachrichten zu schützen? Will sie nur nicht nach unserer leiblichen Mutter suchen oder will sie auch keinen Kontakt mehr zu mir, da ich sie nicht besuchen soll? Mir schwirren so viele Gedanken durch den Kopf, dass ich im Moment nicht weiterweiß. Mia und ich sind Zwillinge. Wir sollten gemeinsam handeln. Doch Mia will das nicht. Enttäuscht beschließe ich, allein nach unserer leiblichen Mutter zu forschen.

Ich will sofort nach München fahren und suche im Internet nach der angegebenen Adresse, wo Mutter wohnen soll. Leider finde ich diese Straße nicht, weil sich vermutlich die Straßennamen geändert haben. Ich finde auch keine Astrid Heinrich und befürchte, dass Mutter wieder geheiratet hat.

Deshalb fordere ich auch in München eine Meldeauskunft an.

Zwischenfall

Das Telefon klingelt. Leider ist es nicht Mia, die sich höchst selten, eigentlich gar nicht meldet. Es ist eine unbekannte Nummer, die ich normalerweise wegdrücke. Dieses Mal gehe ich ran.

„Hier ist Dagmar."

„Welche Dagmar?"

„Die über deinen Eltern wohnt. Komm schnell!"

Dagmar und ich gingen in die gleiche Klasse der Grundschule. Freundinnen waren wir nicht, aber wir hatten den gleichen Heimweg von der Schule. Erst vor zwei Jahren zog sie in das Haus, in dem meine Eltern wohnen. Doch warum soll ich zu ihr kommen? Und warum so schnell? Bis zu meinen Eltern sind es keine zehn Fußminuten. Trotzdem werde ich mit dem Auto fahren, da kann ich meine Jogginghosen gleich anbehalten. Oder soll ich mich lieber umziehen, weil Mutter Jogginghosen hasst und zu schimpfen anfängt, wenn ich damit auf die Straße gehe. Dabei sind es hochmoderne Joggpants, die man seit dem letzten Jahr überall trägt. Trotzig lasse ich sie an. Schließlich bin ich vierzig Jahre alt und kann tragen, was ich will.

Ich laufe auf den Hof, wo mein kleiner Fiesta neben Detlefs riesigem Explorer steht. Detlef richtet bei einem Ford-Autohaus Computer ein, weshalb er nur diese Automarke fährt und ich günstig an meinen alten Fiesta kam. In der Garage hat Detlef noch einen Galaxy, den er für seine Frau behindertengerecht umbauen ließ. Darin gibt es viel Platz für ihren Rollstuhl und den bequemen, in alle Richtungen und Höhen verstellbaren Sesselsitz, den sie zum Ein- und Aussteigen braucht. Leider kann sie seit einigen Jahren nicht mehr selbst fahren.

Normalerweise habe ich Probleme, vom Parkplatz zu kommen, weil sich mein Platz ganz am hinteren Rand befindet und ich mehrfach hin und her jonglieren muss, um den Parkplatz verlassen zu können. Doch heute muss ich lachen, denn auf meinem grauen Heck prangt leuchtend rot neben der Automarke Ford … *isse.* Ford sagt der Sachse zu fort, also weg. Weg isse - fort ist sie. Das gefällt mir. Mit Sicherheit hat sich Detlef diesen Spaß erlaubt. Ich steige kichernd in meinen Ford, fahre zwei Mal vorsichtig vor und zurück, vom Hof und denke: „Fort isse."

Die Straße ist wegen irgendwelcher Bauarbeiten gesperrt, weshalb ich nicht direkt zum Haus meiner Mutter fahren kann, sondern erst noch eine kleine Umleitung in Kauf nehmen muss. Doch auch die nächste Zufahrt ist wegen Bauarbeiten gesperrt. Ein Schild zeigt, dass ich nicht geradeaus fahren, sondern nach links oder rechts abbiegen muss. Ich blinke links, denn rechts gelange ich wieder auf die Hauptstraße und muss das gleiche Ringel noch einmal fahren. Keine hundert Meter weiter stehe ich schon wieder vor einem Sperrschild. Kurz entschlossen parke ich vor dem Nettoladen und muss das letzte Stück laufen. Wäre ich gleich gelaufen, wäre ich längst bei meiner Mutter.

In der Zufahrt zum Elternhaus stehen drei Polizeiwagen. Können die nicht an der Seite stehen?

„Was soll das?", blaffe ich den Polizisten an, der mich nicht ins Haus lassen will.

Der Mann breitet vor mir seine Arme aus. Heißt das, er weiß das nicht oder darf ich nicht vorbei? Kann der nicht reden?

„Lassen Sie mich durch! Ich wohne hier."

Das stimmt zwar nicht, doch zu langen Erklärungen habe ich keine Lust. In diesem Moment fährt ein Krankenwagen vor und drei Sanitäter springen heraus.

Der Polizist tritt zur Seite und sagt: „Neumann im Erdgeschoss."

Sie wollen zu meiner Mutter! Eilig schlüpfe ich an ihm vorbei. Bevor ich klingeln kann, wird von innen die Wohnungstür geöffnet. Drei Polizisten stehen im engen Flur. Alle tragen schwarze Uniformen, kugelsichere Westen, schwere Stiefel, Waffen am Gürtel, Schlagstöcke und Handfesseln. Ich bin entsetzt.

„Wollen Sie meine Mutter zu Tode erschrecken?", fahre ich die Frau an, die mir am nächsten steht.

Sie packt derb meinen Arm.

„Lassen Sie das!", fauche ich sie an. „Was ist hier los? Ich will *sofort* zu meiner Mutter."

„Sie können jetzt nicht rein."

Die Polizisten lassen nur die drei Sanitäter in die Stube, mich nicht, was mich noch wütender und gleichzeitig besorgt macht.

„Was ist hier passiert?", frage ich und versuche, kühl und gefasst zu klingen.

„Ich bin der Arzt", höre ich eine Stimme hinter mir.

„Und ich die Tochter", ergänze ich.

Die Polizisten machen Platz und lassen nun auch mich hinein. Mutter liegt auf dem Sofa, zwei Sanitäter beugen sich über sie, während der Arzt seine Tasche abstellt.

„Mutti! Was ist denn passiert?"

„Sie soll gehen!", schreit Mutter. „Sie will mich umbringen. Geh weg! Fort mit dir!"

Mutter spuckt in meine Richtung.

„Gehen Sie!", verlangt ein Polizist und zeigt auf die Tür.

„Bleib!", bittet Vater leise.

Erst jetzt sehe ich ihn auf einem Stuhl in der Ecke kauern, blass und verwirrt.

„Was machst du hier?"

Vater wohnt auf dem Sonnenberg, einem ganz anderen Stadtteil von Chemnitz. Ich hocke mich neben seinen Stuhl.

„Ich wollte sie überreden, dir die Wahrheit zu sagen. Aber sie schrie mich an und schlug nach mir.

124

So kenne ich sie gar nicht."

„Warum ist die Polizei hier?"

„Sie hat sich aus dem Küchenfenster gebeugt und geschrien: *Hilfe! Überfall!*"

Dann ist mir klar, dass die Polizei in dieser Aufmachung anrücken musste.

„Aber warum?"

Vater zuckt matt mit der Schulter.

„Das weiß ich nicht."

„Sie kommen mit aufs Revier!", bestimmt ein Polizist.

„Warum wollen Sie meinen Vater mitnehmen?", frage ich entsetzt.

„Zur Vernehmung."

„Er hat nichts getan."

„Doch!", schreit Mutter. „Er prügelt mich. Er will mich umbringen."

Der Arzt hebt kurz den Arm und spricht so leise mit einem Polizisten, dass ich nichts verstehe.

„Wir bringen Sie jetzt in Sicherheit", sagt er freundlich und gleichzeitig sehr energisch zu Mutter. „Sie müssen sich keine Sorgen mehr machen."

Der Arzt gibt den Sanitätern ein Zeichen und sie führen Mutter aus dem Zimmer.

„Wo bringen Sie sie hin?", rufe ich ihnen nach.

„In die Klinik zur Untersuchung."

„In welche?"

„Ich will da nicht hin! Hilfe! Überfall! Hilfe!", schreit Mutter.

Mir geht das durch und durch.

„Rufen Sie gegen Abend im Klinikum Flemming-straße an!", sagt ein Polizist freundlich.

Endlich gehen sie. Um Vater kümmert sich niemand mehr, weder die Polizei noch die Sanitäter, obwohl er sichtlich aufgewühlt und durcheinander ist. Es ist gespenstisch still in der Wohnung. Vater weint.

„Ich weiß nicht, wie ich das verkraften soll."

„Alles wird gut", sage ich, obwohl ich merke, wie falsch und dumm das klingt. „Ich bringe dich nach Hause. Später frage ich in der Klinik, was mit Mutter ist und gebe dir Bescheid. Vielleicht kann ich sie gleich wieder abholen oder ihr Sachen bringen, Nachthemd, Zahnputzzeug, Hausschuhe und was man so braucht im Krankenhaus."

Mich ärgert, dass die Sanitäter diese notwendigen Sachen nicht gleich mitnehmen. Doch das dürfen sie nicht, weil sich ihre Aufgabe auf die medizinische Versorgung des Patienten beschränkt und persönliche Gegenstände aus Haftungsgründen nicht erlaubt sind.

*****

Ich fahre Vater nach Hause. Als wir vor seinem Haus aussteigen, zeigt er auf einen dunkelblauen VW Caddy.

„Dimitri ist wieder da."

„Welcher Dimitri?"

„Der Ukrainer halt, seinen richtigen Namen kenne ich nicht. Ist auch egal." Vater winkt mit der Hand ab, kneift die Augen zusammen und zieht seine Mundwinkel nach unten. „Typisch!", ruft er aus. „Morgen ist der erste Juli, da kommt er aus seiner schönen Heimat zurück, um sein fettes Bürgergeld zu kassieren."

„Wie kannst du so etwas behaupten?", frage ich empört.

Vater zuckt mit der Schulter und lacht boshaft.

„Ich habe gestern einen Bericht über Odessa gesehen. Da wird nobel in der Stadt und am Meer gefeiert und es sieht nicht so verratzt aus wie hier in Chemnitz."

„Das war *vor* dem Krieg!", stelle ich richtig.

„Nein! Das kam auf Youtube und war keine zwei Tage alt. Ich glaube unseren Medien nichts mehr. Kein einziges Wort."

Vater ist alt und bringt offenbar alles durcheinander. Hoffentlich erzählt er diesen Unsinn nicht in der Nachbarschaft.

„Odessa war bis zum Ausbruch des zweiten Weltkrieges ein wichtiges kulturelles Zentrum der Deutschen."

„Was redest du da?"

„Ich weiß, was ich weiß. Du dagegen weißt offenbar gar nichts."

Verächtlich verzieht er den Mund.

Fünf volle Tage wird Mutter untersucht, der Kopf mit einer Computertomographie, auch Augen, Magen, Herz, Lunge und ein recht schmerzhafter Muskelfunktionstest mit einer Elektromyographie. Bis auf das Gehirn ist alles in Ordnung, weshalb Mutter auf die neurologische Station verlegt wird. Dort bleibt sie einige Tage, bis die Medikamente, die sie ab sofort nehmen soll, auf ihre besondere Situation eingestellt sind.

Ich mache mir Sorgen, ob sie allein zurecht kommt und nehme mir vor, ihr all die Fragen, die mich wegen der Adoption quälen, nicht zu stellen. Denn der Arzt warnte vor jeder Art Aufregung.

Freiberg

Drei entsetzlich lange Wochen vergehen, bevor ich Nachricht vom Meldeamt München erhalte. Noch im Stehen am Briefkasten reiße ich den Umschlag auf und starre fassungslos auf das Blatt Papier. Mutter wohnt nicht mehr in München. Sie hat sich vor drei Jahren nach Freiberg umgemeldet. Das Haus in der Chemnitzer Straße kenne ich. Es ist ein hässlicher großer Block am Ortseingang direkt an der Hauptstraße, an dem ich schon oft vorbei gefahren bin und zwar jedes Mal, wenn ich nach Freiberg fuhr und danach zurück nach Chemnitz.

„In Freiberg hat unser Leben begonnen", sage ich zu Mia am Telefon. „Und hier schließt sich der Kreis."

Jetzt weiß ich, warum ich Freiberg so mag. Weil ich dort geboren bin. Unbewusst zog es mich oft in diese Stadt, ich bummelte durch den Albertpark und über den Obermarkt, aß beim Griechen am Untermarkt zu Mittag, besichtigte den Dom und die Mineralogischen Sammlungen am Schlossplatz. Ausgerechnet in Freiberg lebt die Frau, die mich und Mia geboren und zur Adoption freigegeben hat, unsere leibliche Mutter. Vielleicht bin ich ihr bereits in der Stadt begegnet, ohne es zu wissen.

„Das hast du einfach so gemacht, ohne mich vorher zu fragen?"

Mia klingt beleidigt.

„Aber du wolltest doch nicht mehr."

„Eben."

„Aber ich wollte …"

„Eben. *Du* wolltest. Ich hasse deine Alleingänge."

Resigniert schweige ich. Mia hat Recht. Ich wollte unbedingt unsere Mutter finden. Auch ohne sie. Hat sie erwartet, dass ich meine Suche aufgebe, weil sie nicht will? Wir hätten gemeinsam aufgeben oder gemeinsam weitersuchen sollen. Eine halbe Sache funktioniert normalerweise nicht, doch in diesem Fall hat sie funktioniert. Ich habe unsere Mutter gefunden.

Ich atme tief durch und zähle bis Drei, um mich zu

beruhigen und meiner Stimme Kraft zu geben.

„Es ist wie es ist. Ich habe allein gehandelt, was mir ehrlich leid tut", sage ich, obwohl es mir nicht wirklich leid tut. „Aber jetzt wissen wir, wo unsere Mutter wohnt. Wir fahren morgen einfach hin und überraschen sie."

„Auf gar keinen Fall! Da fällt sie um vor Schreck." Erleichtert seufze ich, weil sich Mia endlich Gedanken um unsere Mutter macht und offenbar bereit ist, sie zu sehen.

„Oder sie schlägt uns die Tür vor der Nase zu", vermute ich.

„Genau. Außerdem will ich da nicht hin."

„Mia!", rufe ich entsetzt aus. „Wir haben unsere Mutter gefunden. Wir *müssen* zu ihr."

„Müssen müssen wir gar nichts. Mach, was du willst. Schreib ihr einen Brief! Dann sehen wir weiter."

„Und wenn sie nicht antwortet oder den Brief ungeöffnet zurückschickt?"

„Dann rufe sie an!"

„Und wenn sie nicht mit mir spricht und einfach auflegt?"

„Dann solltest du ihre Entscheidung akzeptieren und endlich Ruhe geben."

Ruhe geben. Mia will ihre Ruhe. Sie fürchtet sich vor der Begegnung, weshalb sie fordert, dass ich zuerst einen Brief schreiben oder anrufen soll. Doch Hinauszögern bringt uns nicht weiter.

„Ich werde hinfahren", verkünde ich entschlossen. „Und du kommst mit! Keine Widerrede! Wir stehen das zusammen durch und werden gleich morgen unsere Mutter überraschen, vor vollendete Tatsachen stellen und uns nicht abweisen lassen. Sie ist uns eine Antwort schuldig."

„Morgen habe ich keine Zeit."

„Dann heute!"

„Bist du immer so?", fragt Mia gequält.

„Wie denn?"

„So herrisch, so bestimmend. Ich mag das nicht."

„Ich mag das auch nicht. Aber in diesem Fall geht es nicht anders. Du kommst morgen zu mir und wir fahren zusammen nach Freiberg. Ist 10 Uhr in Ordnung?"

„Vor elf kann ich nicht."

Seit zwei Tagen verspricht der Wetterbericht Regen und heftige Gewitter. Irgendwo wird es wohl regnen, vielleicht im Gebirge oder in Leipzig, aber nicht in Chemnitz. In ganz Deutschland jammern die Menschen über zu viel Regen und Kälte, während ich in der Hitze ersticke.

Das Thermometer zeigt 27 Grad an, obwohl es nach Stand der Sonne erst 9 Uhr ist. Die Hitze klebt in meinen Kleidern und die klebt an meinem Körper. Ich spüre, wie sie nass den Rücken runter läuft, hinein in den Schlüpfer. Ich bin nass. Überall. Das ist eklig. Am liebsten würde ich ein Glas Apfelschorle trinken oder gleich eine ganze Flasche Wasser. Doch ich weiß, dass ich danach noch viel mehr schwitzen würde. Also öffne ich alle Fenster und hoffe, dass sie etwas Zugluft einfangen. Dann ziehe ich Bluse und Jeans aus, lege mich aufs Bett und rühre mich nicht mehr.

Erst vier Stunden später werde ich wach. Ich habe so fest und traumlos geschlafen wie schon lange nicht mehr.

Begegnung

Ich werde wach und schnappe gierig nach Luft. Ausatmen!, befehle ich mir. Ganz langsam ausatmen. 5:17 zeigt meine Uhr. Sofort fällt mir ein, dass heute der Tag der Tage ist. Mia und ich werden in wenigen Stunden unserer leiblichen Mutter begegnen. Hoffentlich ist sie daheim. Schlafen kann ich nicht mehr.

Ich schaue mich mit Mias Augen in meiner kleinen Wohnung um. Sie ist mit Schlafzimmer und Bad kleiner als ihre Wohnstube. Ob sich Mia hier eingeengt fühlt? Ich putze gründlich mein Bad und auch die kleine Küchenzeile. Dann staube ich alle meine Bücher ab. Obwohl meine Wohnung klein und eng ist, wirkt sie kahl. Ein Blumenstrauß wäre gut, aber an so etwas denke ich höchst selten. Pflanzen habe ich keine und auch keinen Firlefanz. Ich mag keine Vasen und Figürchen, doch heute kommt mir alles steril vor. Wegen all der Aufregung schwitze ich. Also noch einmal duschen und etwas anderes anziehen.

Immer wieder schaue ich auf die Uhr, die Zeit will einfach nicht vergehen. Mia will zwischen 10 und 11 Uhr hier sein. Sie fährt mit dem Auto, weil sie per Zug in Leipzig umsteigen müsste und viel länger unterwegs wäre als mit dem Auto.

9:45 Uhr. Wo bleibt sie nur? Ich laufe hinunter auf die Straße und wieder hinauf in die Wohnung. Dort male ich ein großes Schild *P für Mia* und stelle es vor die Mauer neben dem Hauseingang, damit Mia ihren Parkplatz findet.

Für unser Mittagessen habe ich Vollkorn-Spaghetti mit Spargel und einer Spinatsoße vorbereitet. Mia mag wie ich kein Fleisch und verträgt keine Milchprodukte.

Sie erzählte mir, dass ihr Arzt dringend dazu riet, sich während der Schwangerschaft proteinreich zu ernähren, damit sich das Embryo normal entwickeln könne. Aber von Milch wurde ihr übel und das Fleisch im Mund immer mehr. Deshalb konnte sie sich nicht an den Rat ihres Arztes halten. Aber alles ging gut. Beide Kinder sind gesund und verspüren seltsamerweise seit ihrer Geburt einen Heißhunger auf Fleisch und Käse, als müssten sie die fehlenden Eiweiße nachholen.

Wir werden also zusammen zu Mittag essen und danach nach Freiberg fahren.

Aber wo bleibt Mia? Es ist bereits 11:30 Uhr, sie wollte spätestens elf Uhr hier sein. Hatte sie einen Unfall? Soll ich sie anrufen?

Meine Spaghetti sind pappig geworden und sehen entsprechend unappetitlich aus. Hätte ich sie nur nicht bereits gekocht. Doch ich hatte mich auf unsere Absprache verlassen.

13 Uhr fülle ich Nudeln und Soße auf einen Teller, fotografiere den unschönen Klansch und schicke das Bild an Mia mit der Bemerkung, dass der Mist jetzt in die Mülltonne fliegt.

Bin schon auf der Autobahn, kommt zurück.

Schon? Um diese Zeit wollten wir längst unterwegs nach Freiberg sein.

Ich halte noch schnell bei IKEA, liegt ja an der Strecke.

Wage es ja nicht!!!, schreibe ich zurück und setze ein wütendes Zeichen hinter meine Nachricht.

Kurz nach 14 Uhr fährt sie auf den Parkplatz. Ich schnappe meine Tasche und laufe ihr entgegen.

„Ich bin so sauer", klagt Mia.

„Rate mal, was ich bin!", gifte ich zurück. Dann brumme ich etwas sanfter: „Soll ich dir die Nudeln aufwärmen?"

„Hab keinen Hunger."

Wozu mache ich mir die ganze Arbeit? Mia kommt

nicht zur verabredeten Zeit und lehnt nun auch mein Essen ab. Dabei habe ich extra den teuren grünen Spargel gekauft.

„Mistwetter!", schimpft Mia. „Alles grau in Grau, das passt zu meiner Stimmung."

Ich schaue hinauf zu den Wolken. Es scheint zwar keine Sonne, aber es regnet nicht und Wind weht auch keiner. Doch Mia ärgert sich über jedes Wetter. Mal ist es ihr zu heiß, mal zu kalt, zu nass oder zu windig. Mir ist das Wetter gleichgültig, weil ich es sowieso nicht ändern kann. Aber ich muss ja auch nicht wie sie jeden Tag vor die Tür und zur Arbeit fahren.

„Du fährst!", bestimme ich und öffne ihre Beifahrertür. „Ich habe während der langen Wartezeit vor lauter Aufregung drei Gläser Wein in mich hineingeschüttet."

„Ich muss erst aufs Klo und mich abreagieren."

„Auch das noch!", seufze ich.

Mia greift ihre Tasche, verschließt ihr Auto und geht geradewegs zur Haustür.

„Es ist schon spät", erinnere ich sie.

„Ach was. Deine Astrid-Mutter ist sowieso noch auf Arbeit."

„Meine Mutter ist auch deine Mutter."

Mia verdreht die Augen.

„Du hast noch Winterzeit!", sagt sie und zeigt auf meine Wanduhr. „Riesige Ziffern, aber falsche Zeit."

„Es gibt keine Winterzeit", brumme ich zurück. „Nur Normalzeit und die doofe Sommerzeit, die noch dazu länger ist als die normale."

„Ach was! Ich liebe den Sommer und somit auch die Sommerzeit. Abends bleibt es herrlich lange hell."

„Mir ist wurscht, ob es hell oder dunkel ist. Ich gehe immer zur gleichen Zeit ins Bett. Wolltest du nicht aufs Klo?"

Ich zeige auf die Tür, auf der ein Schild mit einem Mädchen aufgeklebt ist, das auf einem Nachttopf sitzt. Mia runzelt die Stirn. Offenbar findet sie den Aufkleber peinlich. Seltsamerweise ärgere ich mich auf einmal darüber, dass ich das Schild nicht vorher entfernt habe.

„Können wir endlich?", frage ich ungeduldig.

„Ich muss mich erst ein wenig abreagieren", wiederholt sie und lässt sich aufs Sofa fallen.

Was soll das? Will sie den Besuch bei unserer Mutter herauszögern oder ganz darauf verzichten?

„Jetzt bist du hier und jetzt fahren wir los", bestimme ich.

„Ich muss dir erst erzählen, worüber ich mich vorhin ärgerte."

Kann sie mir das nicht im Auto erzählen, denke ich. Trotzdem setze ich mich erleichtert zu ihr, weil es nicht wie befürchtet um den Besuch bei unserer Mutter geht.

„Ich wollte heute ein Buch an einen Leser schicken, der eine Widmung wünscht. Also fuhr ich zuerst zur Poststelle. Eigentlich ist das ein Tierladen, wo man Hundefutter und Fische kaufen kann, denn es gibt in der ganzen Stadt nur eine einzige Post und die ist mitten im Zentrum, wo man nicht parken kann. Die bunte Trulla …"

„Bunte Trulla?"

„So eine …", Mia verdreht die Augen, „junge Verkäuferin mit hellblauen und lila Haaren und von oben bis unten bunt betackert."

„Du meinst tätowiert?"

„Sag ich doch. Jedenfalls verlangte die *Tä-to-wier-te* 3,75 € statt der normalen 1,70 € von mir. So viel wollte ich nicht zahlen."

„Wieso war das so teuer?"

„Weil auf dem Umschlag nicht BüWa stand."

„Was heißt das?"

„Bücher und Warensendung."

„Das kenne ich nicht. Ich verschicke meine Bücher mit City Post und zahle nur 1,55 €."

„Ich wollte das blöde Kürzel auf dem Umschlag ergänzen, aber das ließ die Frau nicht zu, weil sie den viel zu hohen Betrag bereits in den Computer eingetippt hatte. Also verlangte ich mein Buch zurück. Auch das wollte sie nicht. Zuerst versuchte ich, sie mit logischen Argumenten umzustimmen. Auf jeden Fall hätte sie mich beraten und jetzt den falschen Betrag stornieren müssen. Weil sie sich weigerte, wurde ich immer wütender und diese

Person immer frecher. Stell dir vor: obwohl es eine Büchersendung ist, durfte es nicht als Büchersendung verschickt werden, sondern als Brief, weil das blöde Kürzel fehlte."

„Warum machst du wegen zwei Euro solch ein Theater?", frage ich und kichere.

„Weil ich meinem Kunden nur zwei Euro für den Versand berechnete, also am Buchverkauf nicht verdient, sondern zugezahlt habe."

Zugezahlt? Verdient ein Autor wirklich so wenig am Buchverkauf? Das glaube ich nicht.

„Hinter mir bildete sich schon eine Schlange. Am Ende musste ich tatsächlich den vollen Betrag bezahlen", schließt Mia verärgert ihren Bericht.

15 Uhr fahren wir endlich los. Bis Freiberg sind es nur vierzig Kilometer, die wir locker in einer halben Stunde bewältigen können. Ich mag die sanften Hügel entlang der Strecke und auch die schmalen Ortsdurchfahrten in Flöha und Oederan. Hin und wieder sage ich etwas, doch Mia schweigt. Weder die kurvige Bergstraße durch den Wald bei Falkenau noch der wunderbare Blick auf die Augustusburg entlockt Mia eine Bemerkung. Sie wirkt verkrampft, obwohl sie sagte, dass sie gern Auto fährt. Mutter ist erst neunundfünfzig Jahre alt, weshalb sie wohl tagsüber arbeitet. Hoffentlich ist sie daheim und nicht gerade einkaufen oder im Urlaub.

„Vielleicht macht es uns traurig oder wütend, wenn

wir sie treffen", befürchtet Mia.

„Na und? Trauer und Wut sind ganz normale Gefühle wie Freude. Vielleicht freuen wir uns."

Und Mutter auch, hoffe ich. Mia hat ein dickes Album von ihrer Kindheit, Jugend und Familie dabei, ich nur das Bild meines Schulanfangs und im Handy aktuelle Aufnahmen mit meinen Eltern.

„Wie sprechen wir sie an?", frage ich. *„Hallo Astrid* geht nicht. Mutti passt auch nicht, weil sie zwar unsere Mutter ist, wir aber diese Frau gar nicht kennen."

Statt zu antworten, kreischt Mia: „Ein Holländer!", und zeigt auf das Fahrzeug, das uns gerade überholt.

„Hast du noch nie ein holländisches Auto gesehen?", frage ich amüsiert.

„Doch! Aber noch nie eines ohne Wohnwagen."

Darüber lachen wir so heftig, dass meine Kiefermuskeln schmerzen. Immerhin nimmt das Lachen die Anspannung und wir sehen recht schnell das Ortsschild von Freiberg.

Vor drei Monaten wusste ich nicht einmal, dass ich adoptiert bin und eine Zwillingsschwester habe. Und nun stehe ich mit Mia vor dem Haus, in dem die Frau wohnt, die uns geboren hat: unsere leibliche Mutter. Den Namen Heinrich finden wir zwischen unglaublich vielen anderen Namen auf einer riesigen Klingeltafel. Ich drücke auf die Taste.

„Ja bitte?", fragt eine freundliche Stimme leise.

Ich stoße Mia an, weil meine Kehle zugeschnürt ist und mir nichts einfällt, was ich sagen könnte. Dabei hatte ich zuvor die Worte sorgfältig überlegt.

„Mein Name ist Mia Michalek. Ich möchte etwas sehr Wichtiges mit Ihnen besprechen. Es ist etwas Persönliches. Darf ich raufkommen?"

„4. Stock", kommt zögernd zurück.

Der Türöffner summt und wir eilen zum Fahrstuhl. In der offenen Wohnungstür steht eine zierliche, fast dürre Frau, die etwa fünfundsiebzig Jahre alt ist. Um ihre bernsteinfarbenen Augen liegen tiefe Schatten, die Haare sind komplett grau. Sie sieht blass aus und schaut uns starr an, als wären wir Gespenster.

„Guten Tag. Wir möchten mit Frau Astrid Heinrich sprechen."

Die Frau legt ihre Hand auf die Brust. Will sie damit sagen, dass sie selbst Astrid Heinrich ist, obwohl sie erheblich älter aussieht als knapp sechzig Jahre?

„Wir haben uns gefunden. Zufällig", stottere ich.

Plötzlich schreit die Frau auf und sinkt gegen den Türrahmen.

„Was ist hier los?"

Ein großer kräftiger Mann stürmt aus der Tür und fängt Frau Heinrich auf, als ihr gerade die Beine einknicken. Erschrocken trete ich einen Schritt zurück. Mit einem Mann hatte ich nicht gerechnet.

Kraftlos hebt die Frau ihren Arm und weist auf Mia und mich.

„Sie sind es. Sie sind da", haucht sie.

Der Mann schaut erst Mia und dann mich an und wieder Mia und wieder mich.

„Jetzt wird alles gut", sagt er und umarmt die Frau.

„Dürfen wir reinkommen?", fragt Mia leise.

Frau Heinrich nickt. Sie zittert am ganzen Körper und wird von dem Mann mehr getragen als gestützt. Jetzt tut mir unser Überfall im Herzen weh. Wir hätten sie mit einem Brief vorbereiten sollen. Aber wir konnten nicht wissen, ob sie uns sehen will, ob sie uns liebt oder froh ist, uns damals weggegeben zu haben.

Wir gehen in die Wohnung und stehen etwas hilflos in der Stube. Mia stupst gegen meinen Arm.

„Schau!"

Sie zeigt auf die Vitrine, in der drei eingerahmte Fotos von Zwillingen stehen. Ein kleines schwarzweißes im Kinderwagen und zwei farbige, die ein Fotograf in einem Studio gemacht haben muss: Zwillinge mit roten Locken, die etwa ein Jahr alt sind und ein Familienbild mit den Eltern.

„Ich bin die Mandy", sage ich.

„Und ich die Mia." Sie räuspert sich. „Also die Sandy."

„Meine Babys!", ruft Mutter aus und schluchzt herzzerreißend und strahlt gleichzeitig über das ganze Gesicht.

Ich betrachte sie und wundere mich darüber, wie sehr Freude den Menschen verändert. Astrid sieht auf einmal viel jünger und direkt schön aus.

„Uns geht es gut", sage ich.

„Und wie geht es dir?", flüstert Mia.

„Meine süßen Babys. Seid ihr es wirklich?"

Plötzlich kann ich nicht mehr an mich halten und falle dieser Frau so heftig um den Hals, dass sie fast umstürzt.

„Mama", stammle ich. „Meine liebe Mama."

Eigentlich hatten wir uns vorher darauf geeinigt, sie Astrid und höflich mit Sie anzusprechen. Doch nun nennen wir sie Mama, weil wir die Verbindung zu ihr ganz deutlich spüren.Ich suche in ihrem Gesicht nach Ähnlichkeiten mit meinem, finde aber nur die bernsteinfarbenen Augen. Ihre Haare sind grau, das Gesicht ebenfalls, nicht einmal die schmalen Lippen haben Farbe.

„Ich bin Dietmar, Astrids Lebensgefährte", stellt sich der Mann vor.

„Und mein Lebensretter", ergänzt Mutter.

Ich erzähle, dass ich zur Leipziger Buchmesse zufällig Mias Foto sah und glaubte, man habe mein Bild missbraucht. Ich ließ meine Visitenkarte beim Verleger und der übergab sie Mia, die mich kurz darauf anrief. Wir haben uns sofort getroffen und sind seitdem unzertrennlich.

Astrids Geschichte

Ich ging als Mädchen gern zum Tanz ins Tivoli. Dort lernte ich Heiko kennen. Wir wussten sofort, dass wir füreinander bestimmt sind. Danach ging alles sehr schnell. Ich war gerade fertig mit der Ausbildung, als ich schwanger wurde. Wir haben sofort geheiratet. Wir hätten auch geheiratet, wenn ich nicht schwanger geworden wäre. Nach der Geburt der Zwillinge durften wir einen Wohnungsantrag stellen. Bis dahin lebte ich mit meinen Babys in meinem ehemaligen Kinderzimmer, das ich mit meiner Schwester teilte. Sie ist ein Jahr jünger als ich und lebte in Karl-Marx-Stadt in einem Lehrlingswohnheim. Wenn sie am Wochenende nach Hause kam, musste sie auf dem Sofa in der Stube schlafen, worüber sie sich sehr ärgerte. Wir hatten uns immer gut verstanden, aber das Durcheinander, das die Zwillinge in der kleinen Wohnung verursachten, ertrug sie nicht.

Auch meine Eltern reagierten verärgert. Ich durfte die Windeln nur auf dem Herd abkochen, wenn sie auf Arbeit waren und musste mich mit den Babys in meinem Zimmer aufhalten. Das war nicht leicht, zumal mein Vater Heiko nicht in die Wohnung ließ, obwohl wir verheiratet waren. Er mochte ihn nicht, weil er lange Haare hatte, Jeans und eine Lederjacke trug. Das seien Symbole des Klassenfeindes, die meine Eltern in unserer Wohnung nicht duldeten. Heiko und ich sahen uns nur draußen beim Spaziergang im Park.

Gern wären wir in eine andere Gegend gezogen, doch das war in der DDR nicht möglich. Die Luft und der Boden im Freiberger Raum waren vergiftet von Schwermetallen und anderen Schadstoffen wie Blei, Cadmium, Quecksilber, Arsen, Schwefel, Zink und einiges mehr. Das alles führte zu erheblichen gesundheitlichen Problemen wie Atemwegserkrankungen, Nierenleiden und Leberschäden.

Nach einem halben Jahr bekam ich einen Krippenplatz für die Zwillinge und konnte wieder zur Arbeit gehen. Auf die Arbeit und vor allem auf eigenes Geld freute ich mich, weil ich die staatliche Unterstützung komplett meinen Eltern abgeben musste und ich somit nicht einmal ein kleines Taschengeld besaß. Aber es war auch anstrengend für mich und die Kinder. Morgens sechs Uhr brachte ich sie in die Krippe und konnte sie erst zehn Stunden später wieder abholen. Es blieb wenig Zeit für lange Spaziergänge mit Heiko und den Kindern, zumal es im Herbst zu kalt und nass draußen war und die feuchte Luft den Schwefelgestank in die Häuser drückte. Andere Möglichkeiten gab es nicht und ein Telefon hatten wir beide nicht.

Eines Tages wurde ich zur Kaderabteilung gerufen und erfuhr, dass ich ab sofort als Küchenhilfe im Schichtdienst eingeteilt war. Man sagte mir, ich sei in der Datenabteilung nicht mehr tragbar, obwohl ich meine Arbeit immer gut machte. Die Arbeit in der Küche störte mich nicht, aber die Schichten. Am schlimmsten war, dass nun meine Kinder in einer Wochenkrippe untergebracht wurden und ich sie nur am Wochenende sah. Ich war plötzlich eine Fremde für sie und sie saßen meist nur apathisch in der Ecke und hielten sich an den Händen.

Schließlich wurde Heiko direkt vom Arbeitsplatz weggeholt und verhaftet. Er hatte gewusst, dass seine Eltern aus der DDR flüchten wollten. Aber ihr Plan scheiterte und sie landeten im Gefängnis, weil sie wie ihr Sohn als gefährliche Staatsfeinde, als subversive Elemente galten. Ich mochte sie nicht, weil sie Bürgerrechtler waren, also streitsüchtige und rechthaberische Leute, die andere zum Mitstreiten anstiften.

Erst vier Monate später durfte ich Heiko in der Untersuchungshaftanstalt Karl-Marx-Stadt besuchen. Aber ich konnte ihm nicht helfen und er mir nicht.

Etwa einen Monat später wollte ich meine Zwillinge in der Wochenkrippe abholen, aber sie waren nicht mehr da. Man sagte mir, ich sei nicht in der Lage, für sie zu sorgen und sie kämen in staatliche Obhut. Ich war völlig außer mir und sprach täglich in der Jugendhilfe und in anderen Ämtern vor, erhielt aber keine Auskunft, wo meine Kinder sind. Man drohte mir, wenn ich noch einmal käme, würden sie die Polizei rufen. Verzweifelt schob ich alle Papiere und Ordner von einem dieser Schreibtische. Da wurde auch ich verhaftet und kam in Untersuchungshaft nach Karl-Marx-Stadt.

Aber Heiko war nicht mehr dort. Man hatte ihm ein Papier vorgelegt, auf dem ich angeblich die Scheidung verlangte, was überhaupt nicht stimmte. Mir sagte man, Heiko wolle nicht zurück zu mir und unseren Kindern und auch nicht mehr in Freiberg arbeiten. Ob das stimmt, weiß ich nicht. Jedenfalls wurde er irgendwann von der Bundesregierung der BRD direkt aus der Haft freigekauft und landete im Westen. Aber ich wollte nicht in den Westen, weil meine Kinder hier waren. Ich klammerte mich an die Hoffnung, sie bald wiederzubekommen. Ein Leben ohne unsere Kinder konnte ich mir noch weniger vorstellen als eines ohne Heiko. Ich habe nie erfahren, ob er von meiner Verhaftung und dem Verschwinden der Zwillinge wusste.

Meine Eltern halfen mir nicht. Sie sagten, es sei alles meine eigene Schuld, weil ich diesen Querulanten geheiratet hätte.

Nach meiner Entlassung aus der Haft wurde mir ein Zimmer in einem Wohnheim zugewiesen und ich musste wieder in der Küche arbeiten. Mir war alles gleichgültig, mein Leben ohne meinen Mann und ohne unsere Kinder schien mir wertlos.

Heiko schrieb viele Briefe, aber davon erfuhr ich erst viel später. Ich weiß bis heute nicht, ob meine Eltern sie zurückhielten oder die Staatssicherheit.

Jeden ersten Dienstag im Monat musste ich mich bei der Polizei melden. Einen Ausweis hatte ich nicht mehr. Am 19. Februar 1987 gab man mir meinen Ausweis zurück und sagte, ich müsse nicht mehr kommen, mein Mann habe sich feige selbst getötet.

Selbstmord. Ich wusste nicht, ob ich das glauben sollte und konnte auch niemanden fragen. Heikos Eltern lebten im Westen und ich hatte längst keine Freunde mehr, die mir beistanden. Man teilte mir mit, dass meine Zwillinge adoptiert sind und ich kein Recht hatte, ihren Aufenthaltsort zu erfahren. Das tötete jedes Gefühl in mir. Ich konnte nicht einmal weinen. Ich existierte nur noch und nahm mein Umfeld kaum wahr.

Nach der Wende glaubte ich, dass nun alles anders wird und ich erfahre, wo meine Kinder sind. Ich ging zum Amt und fragte nach dem Verbleib meiner Kinder, doch man erklärte mir umständlich das Datenschutzgesetz. Deshalb hielt mich nichts mehr in Freiberg. Ich setzte mich einfach in den Zug und fuhr nach München, holte mir die hundert Mark Begrüßungsgeld ab, hockte mich an einen Springbrunnen und überlegte, was ich machen und wohin ich mich wenden kann. Dort fand mich Dietmar. Er brachte mich in eine Notunterkunft, die irgendeine staatliche Stelle zur Verfügung stellte. Von dort kam ich in eine Klinik in Haar. Psychiatrie.

Dietmar besuchte mich. Er brachte mir bei, dass jeder selbst entscheidet, ob er sein Leben genießt oder erleidet, ob er glücklich oder unglücklich lebt. Nach meiner Entlassung zog ich zu ihm. Doch erst viel später wurden wir ein Paar. Dietmar vermittelte mir eine Stelle als Sachbearbeiter in der Deutschen Rentenversicherung, wo ich dreißig Jahre lang arbeitete. Ich fuhr nie wieder in die ehemalige DDR, auch nicht zur Beerdigung meines Vaters. Erst, als meine Schwester schrieb, dass es unserer Mutter schlecht ging, kehrte ich nach Freiberg zurück. Das war vor drei Jahren.

*****

Mama erzählt diese grauenhafte Geschichte so gefasst, als beträfe diese nicht sie, sondern irgend eine fremde Person, die ihr nichts bedeutet, während Mia und ich fassungslos zuhören und an manchen Stellen hemmungslos weinen. Ich sehe alles vor mir. Ich brauche nur die Augen zu schließen.

„Astrid hatte eine handfeste Depression und war nicht in der Lage, ihre alltäglichen Aufgaben zu bewältigen. Sie hat sich für nichts interessiert."

Bei einer Depression ist man zu schwach fürs Leben. Das wird vom Umfeld nur schwer als Krankheit akzeptiert, da jeder meint, der Kranke sei nicht wirklich krank und habe für seine gedrückte Stimmung keinen Grund. Hinzu kommt, dass man die Krankheit nicht sieht wie eine körperliche Behinderung.

„Astrid erhielt Ratschläge, dass sie sich zusammenreißen soll oder wurde als fauler Ossi beschimpft." Dietmar seufzt. „Die ersten Jahre waren eine schlimme Zeit. Wenn sie auf der Straße oder in einem Film Zwillinge sah, brach sie zusammen und konnte nächtelang nicht schlafen. Man kann nicht einfach mit seiner Vergangenheit abschließen. Vielleicht wäre damals, gleich, nachdem sie verwundet wurde, der Schmerz zu heilen gewesen. Jetzt war es zu spät. Die Wunden heilen nicht, sie vernarben nur mit der Zeit. Astrid lebte schon viel zu lange mit ihren Narben. Trotzdem wurde sie ruhiger. Sie hatte genug gelitten."

„Man hat dir einfach die Kinder weggenommen und nie gesagt, wo wir sind? Wie ist das möglich?"

„In der DDR war das möglich."

„Aber warum?"

„Heikos Eltern hatten einen Fluchtversuch aus der DDR unternommen, wurden gefasst und eingesperrt. Heiko sperrte man ein, weil von den Fluchtplänen seiner Eltern wusste, was ebenfalls eine Straftat war. Weil ich Heikos Frau war, galt ich als unzuverlässig, obwohl ich niemandem etwas getan hatte. Man sagte mir, ich könne meine Kinder nicht im Sinne der DDR erziehen und hat sie mir deshalb weggenommen."

„Was ist das für eine unsinnige Begründung! Ich mag es gar nicht glauben."

Ich habe mich nie ernsthaft für die Geschichte der DDR interessiert. Das war eine Zeit, die mich nicht betrifft. Außerdem konnte man überall nachlesen, dass die DDR ein Sozialstaat war mit kostenlosem Gesundheits- und Bildungssystem und Gleichstellung der Frauen. Dass die persönlichen Freiheiten derart eingeschränkt waren, hatte ich bisher noch nie gehört.

„Das wusste ich damals in München auch nicht", gesteht Dietmar, „und war geschockt." Sanft berührt er Mamas Hand. „Der Mauerfall kam gerade noch rechtzeitig, bevor meine Astrid sich selbst komplett aufgegeben hätte. Die Wende hat sie gerettet."

„Und du natürlich", gibt Mama lächelnd zurück.

„Hast du nach der Wende nach uns gesucht?", will Mia wissen.

„Das hätte ich gern gemacht, aber das sieht das Adoptionsgesetz nicht vor. Nur adoptierte Kinder und ihre Adoptiveltern dürfen Kontakt mit den leiblichen Eltern aufnehmen. Umgekehrt nicht."

„Eine Mutter darf nicht nach ihren Kindern suchen? Ich fasse es nicht!", stellt Mia fest.

„Nach deutschem Recht sind Zwangsadoptionen mit normalen Adoptionen gleichgestellt, da sie im Einigungsvertrag nicht als schwere Menschenrechtsverletzung bezeichnet sind. Die Täter haben offiziell keine Gesetze gebrochen."

„Das ist eine himmelschreiende Ungerechtigkeit!", rufe ich aus. „Wir wussten ja nicht, dass wir adoptiert sind und hätten nie nach dir gesucht, wenn wir uns nicht zufällig getroffen hätten", füge ich hinzu.

Mama hätte keine Chance gehabt, ihre Kinder jemals zu finden. Sie sieht erschöpft aus und gleichzeitig glücklich. Sie lacht und weint und lässt sich zum gefühlt hundertsten Mal erzählen, durch welchen seltsamen Zufall wir uns gefunden haben.

„Es ist ein Wunder!", ruft sie immer wieder aus. „Ein Wunder, hinter dem ganz sicher ein tieferer Sinn steckt."

Ich glaube nicht an einen tieferen Sinn, nur an den puren Zufall.

„Bist du nicht voller Hass auf die DDR und all die Beamten, die dir das angetan haben?"

Mama schüttelt den Kopf.

„Aber nein. Jeder hat geglaubt, das Richtige zu tun und Hass hätte nichts an der Sache geändert."

„Hass hätte dich nur unglücklicher und am Ende krank gemacht", ergänzt Dietmar. „Eure Mutter ist ein Philanthrop, ein Menschenfreund, der fähig ist, jeden zu mögen. Und genau dafür liebe ich sie." Er lächelt Astrid an. „Jetzt ist alles gut. Jetzt hast du deine Mädchen wieder und wirst inneren Frieden finden."

Mia packt ihr Fotoalbum aus und schenkt Mama die drei Bücher, die sie geschrieben hat. Ich kann ihr nichts schenken. Nicht einmal an Blumen habe ich gedacht. Oder an Sekt. Ich kann auch nicht wie Mia stolz von meinen Kindern und meinem Mann erzählen. Ich habe nicht einmal eine feste Arbeit, sondern korrigiere und lektoriere nur Texte, die ich nicht selbst geschrieben habe.

Ich fotografiere die Babybilder und das Familienfoto in der Vitrine ab. Mia bittet mich, sie und Mama mit ihrem Handy zu fotografieren, was sie gleich an Maik weiterleitet. Ich mache ein Selfie von Mama mit ihren Zwillingen, doch ich schicke es niemandem, auch nicht meinen Eltern.

„Warum bist du zurück nach Freiberg gekommen?"
„Eure Oma lebt seit dem letzten Monat im Altenheim." Sie zeigt auf ein großes Gebäude auf der anderen Straßenseite. „Nach der Wende kaufte sie diese Wohnung und hat sie mir überschrieben, als sie ins Heim ging."
„Ich muss los, meine Jungs warten", bestimmt Mia.
„Bleib doch!", bittet Mutter und ergreift Mias Hand.
Doch Mia schüttelt den Kopf. Sie ist unerträglich konsequent. Wenn sie Nein sagt, meint sie Nein und lässt sich nicht umstimmen. Ich weiß das.
„Du kannst gern hierbleiben!", verkündet Mia und schaut mich dabei an. „Ich fahre in Siebenlehn gleich auf die Autobahn."
„Und ich?"
„Alle halbe Stunde fährt ein Zug nach Chemnitz

oder ich fahre dich nach Hause", bietet Dietmar an.

Ich bleibe noch eine gute eine Stunde und verspreche, mich täglich per WhatsApp zu melden und sie einmal pro Woche zu besuchen. Direkt vor dem Haus hält der Stadtbus, der mich zum Bahnhof bringt.

*****

„Sollen wir einen Rechtsanwalt einschalten?", frage ich Mia.
„Warum?"
„Es ist doch furchtbar, was uns und unserer Mutter angetan wurde."
„Was soll das bringen? Es ändert nichts. Gib endlich Ruhe! Außerdem sagte Astrid, dass Zwangsadoptionen auch im heutigen Recht nicht strafbar sind."
„Schlimm finde ich das! Sicher suchen heute noch viele Eltern verzweifelt nach ihren Kindern und erhalten von den zuständigen Ämtern keine Auskunft."
„Was soll's? Wir haben uns und Astrid gefunden. Alles ist gut."
„Nichts ist gut", entgegne ich wütend. „Glaubst du, unsere Adoptivmütter wussten, dass wir unserer leiblichen Mutter gegen ihren Willen entrissen wurden?"

„Nein. Das glaube ich nicht."

„Weil du es nicht glauben willst. Genau genommen wurde uns unsere Kindheit geraubt."

„Meine nicht", entgegnet Mia. „Ich hatte eine gute Kindheit, vielleicht sogar besser als bei Astrid."

„Aber alles wäre anders gekommen."

„Ist es aber nicht. Es ist Unsinn, darüber nachzudenken und uns mit *was-wäre-wenn* zu quälen. Wir sollten uns freuen, uns gefunden zu haben."

Theoretisch hat Mia Recht, doch praktisch erlaubt die grausame Geschichte unserer Mutter genau das nicht. So etwas darf man auf keinen Fall auf sich beruhen lassen oder gar vergessen.

„Alles geschieht genauso, wie es geschehen soll", fasst Mia zusammen.

„Glaubst du wirklich, dass die Dinge von allein geschehen?"

„Natürlich. Bei uns war es so. Wir sollten uns finden und haben uns gefunden, obwohl wir nie nach uns suchten."

„Aber wir fanden uns nicht von allein", gebe ich zurück. „Ich entdeckte dein Foto und hakte nach. Danach riefst du mich an. Wir haben beide etwas getan. Nichts ging von allein. Schließlich mussten wir einiges mehr tun, um unsere Mutter zu finden. Und schon gar nicht passierte es von allein, dass wir unserer Mutter entzogen wurden."

„Ich war das Glück meiner Mutter, weil sie keine Kinder bekommen konnte."

„Das Glück deiner Mutter basiert auf dem Unglück unserer leiblichen Mutter."

Urlaub

Mein Telefon klingelt. Es ist Mia. Fast hätte ich ihre Stimme nicht erkannt, weil sie so aufgeregt schreit. „Du musst mir sofort – hörst du: SOFORT – 1.846 Euro schicken!"

„So viel Geld? Was ist denn passiert?"

„Frag nicht! Schick es einfach!"

„Schicke mir die Daten per WhatsApp!"

„Geht nicht. Du schreibst dir jetzt die Daten auf und machst die Überweisung sofort!"

Mia nennt die Bankdaten des Hotels und dessen Mailadresse und legt auf. Ich kann mir keinen Reim darauf machen. Soll ich wirklich fast Zweitausend Euro an ein mir unbekanntes Hotel in der Türkei schicken? Die ganze Familie macht seit vier Tagen Urlaub am türkischen Mittelmeer. Haben sie ihre Kreditkarte verloren? Es bringt nichts, dass ich mir den Kopf über die Gründe zerbreche, die ich sicher irgendwann erfahre. Jetzt muss ich Mia helfen. Sie klang wirklich sehr verzweifelt.

Ich überweise den geforderten Betrag und schicke dem Hotel eine Mail mit dem Zahlungsnachweis. Doch ich habe ein mulmiges Gefühl dabei, denn man hört und liest so viel über Betrügereien. War es wirklich Mias Stimme? Sie klang so anders. Bin ich einem Schwindler aufgesessen? Viel mehr als die zweitausend Euro hatte ich nicht auf meinem Konto, weil es im Moment nicht gut läuft. Das ist immer so während der Sommerferien. Siedendheiß fällt mir ein, dass mein Handy nicht *Mia*, sondern eine unbekannte Nummer anzeigte. Hoffentlich war es die Rufnummer des Hotels. Doch warum benutzt sie ihr Handy nicht? Wurde es gestohlen? Das ist seltsam, äußerst seltsam. Da ich die Überweisung selbst ausführte, kann ich mein Geld nicht zurückfordern, falls es sich um Betrug handelt. Ob ich Detlef frage? Das hätte ich VOR der Überweisung tun sollen, jetzt nützt es nichts mehr. Wieder einmal war ich zu schnell, unüberlegt, gedankenlos, leichtsinnig, kopflos. Das musste ich mir mein Leben lang anhören. Am besten, ich erzähle niemandem davon, sonst werde ich für meinen Leichtsinn und meine Dummheit ausgelacht. Wer den Schaden hat, braucht für den Spott nicht zu sorgen.

Am späten Abend ruft Mia an, dieses Mal von ihrem Handy. Zwar beruhigt mich ihr Anruf, doch der Grund dafür versetzt mich in helle Aufregung.
Mia, Maik und die Jungs kamen vom Strand zurück, um im Hotel Mittag zu essen. Doch man ließ sie nicht ins Haus. Sie sollten zuerst 1.846 Euro bezahlen, weil die Reisefirma pleite ist und den

Hotelaufenthalt für Mias Familie nicht bezahlt hat.

„Lassen Sie uns in unsere Zimmer. Dort können wir uns anziehen und unsere Kreditkarte holen."

„Keine Karte. Geld, Bargeld."

„Ich brauche mein Handy", verlangt Maik. „Dann kann ich zur Bank gehen und Bargeld holen."

„Nix Handy. Ein Anruf hier", der Manager hebt einen Daumen und zeigt auf den Tresen, wo ein Telefon liegt.

„Alle Adressen stehen im Handy."

Der Mann zuckt nur mit der Schulter.

Mia fällt meine Nummer ein. Wir haben in letzter Zeit nicht nur häufig telefoniert, sondern zufällig fast die gleichen Nummern. Zwar nutzen wir unterschiedliche Netzbetreiber, Mia die 0172 und ich die 0711, danach kommen fünf gleiche Ziffern, nur die letzten beiden sind verschieden. Mia hat die 77 und ich die 33. Deshalb können wir uns unsere Nummern leicht merken.

Maik informierte die Polizei, doch die war der Meinung, das Hotel dürfe sein Geld einfordern und zog wieder ab. Nach diesem Desaster wollten weder Mia noch Maik im Hotel bleiben, obwohl der Aufenthalt nun bezahlt war. Sie packten ihre Koffer und suchten sich eine andere Unterkunft, was während der ersten beiden Wochen nicht schwierig war, denn Thüringen hat wie Sachsen bereits im Juni Ferien. Erst ab Juli waren die meisten Hotels ausgebucht. Schließlich fanden sie fünf Kilometer von Alanya entfernt zwei Doppelzimmer mit Frühstück in einem Hotel für 1.200 Euro für die letzte Woche.

„Für Mittag- und Abendessen müssen wir uns ein Lokal suchen. Das war im anderen Hotel bequemer. Auch die Zimmer waren schöner und preiswerter", kritisiert Maik.

„Das Vergleichen ist das Ende des Glücks und der Anfang der Unzufriedenheit", kontert Mia.

Sie weiß genau wie ich immer einen passenden Spruch. Zum Glück hatten sie die Flugtickets per Internet gebucht, so dass mit keiner weiteren bösen Überraschung zu rechnen ist.

Eigentlich wollte Mia wie immer in Ligurien Urlaub machen, doch die Jungs maulten und verlangten Abwechslung. Für die Kinder war das Ganze kein Dilemma, sondern ein lustiges Abenteuer, von dem sie später ihren Freunden berichten konnten.

Schluss (Teil 1)

Eine sehr unangenehme, aber wichtige Angelegenheit steht mir noch bevor: das Gespräch mit meiner Mutter.

„Ich habe endlich meine leibliche Mutti kennengelernt", platze ich heraus, kaum, dass ich Mutters Wohnung betrete.

„Na und?", zischt Mutter gereizt.

„Muss das jetzt sein? Du weißt, deine Mutter darf sich nicht aufregen", erinnert mich Vater.

Er ist sehr besorgt um seine frühere Frau, obwohl sie nie liebevoll zu ihm war. Fast täglich schaut er vorbei, obwohl sich eine Pflegekraft um den Haushalt und die Medikamente kümmert.

„Ich weiß", gebe ich zerknirscht zu. „Wusstet ihr, dass man mich gegen den Willen meiner Mutti entrissen hat?"

„So eine Frau fragt man nicht. Uns hat auch keiner gefragt, ob wir dich wollen. Wir hatten den Auftrag, ein Kind zu einer sozialistischen Persönlichkeit zu erziehen, den wir nicht ablehnen konnten. Außerdem saß deine Mutter im Gefängnis. Sie konnte sich gar nicht um dich kümmern."

„Sie hatte niemandem etwas getan."

„Oh doch! Sie war eine Verräterin an unserem Land. Solche Leute dürfen ihr falsches Erbe nicht an ihre Kinder übertragen. Dein Vater war keinen Deut besser."

„Er wollte nur in den Westen, was schließlich kein Verbrechen ist. Aber es ist ein Verbrechen, einer Mutter ihre Kinder wegzunehmen."

Mein letzter Rest an Zuneigung zu der Frau, die mich großgezogen hat, erlischt im gleichen Moment. Meine gesamte Vergangenheit erscheint mir plötzlich als Lüge, weil ich sie jetzt aus einem anderen Blickwinkel sehe.

„Schmeiß sie raus!", schreit Mutter. „Ich will diese

Person hier nie wieder sehen."

Vater begleitet mich zur Tür. Dort hält er meinen Arm fest.

„Du musst sie verstehen", bittet er.

„Nein", gebe ich entschieden zurück. „Ich kann sie nicht verstehen und ich will es auch nicht."

„Hör mir jetzt gut zu!", beschwört mich Vater. Er schaut mich eindringlich an, so dass ich nicht wage, seinen Arm fortzustoßen. „Wir hatten eine Tochter, doch sie starb mit knapp einem Jahr den plötzlichen Kindstod. Es gibt Bilder von Dingen, die man gesehen hat und nicht wieder aus dem Kopf bekommt." Vater schluckt und ringt um Fassung. „Ich sehe heute noch den verzweifelten Blick deiner Mutter mit dem toten Kind im Arm. Sie hat diesen Verlust nie verwunden." Vaters Backenknochen bewegen sich heftig und er fährt sich hektisch über den Kopf.

„Meinst du nicht, dass meine leibliche Mutter genauso verzweifelt war? Und ihre Kinder haben gelebt."

„Ich bin noch nicht fertig", sagt Vater. „Kurz darauf brachte man dich zu uns, doch wir waren in tiefer Trauer und hatten keine Nerven für dich, zumal du ständig geweint hast."

Natürlich habe ich geweint, weil ich meine Mama und meine Schwester vermisste.

„Stefan freute sich über seine neue Schwester, aber uns konntest du nicht trösten."

Fassungslos schaue ich meinen Vater an, dem die Tränen über die Wangen laufen.

„Es tut mir leid", murmle ich. „Aber es ist zu spät."

„Ja, viel zu spät."

Warum hat er mir das nicht schon viel früher gesagt? Wenn ich es gewusst hätte, hätte ich vielleicht meinen Eltern während der Pubertät nicht so viel Kummer gemacht.

Ich liege in meinem Bett und denke an Mia und an das Leben, das ich mit meiner Schwester gehabt hätte. Und mit einer Mutter, die mich von ganzem Herzen liebt. Mit meiner Schwester hätte ich alles geteilt: mein Zimmer, meine Bücher – alles.

Schließlich sind wir Zwillinge.

Ein Zwilling ist ein Teil von einem Ganzen. Ich war so ein Teil und habe immer gewusst, dass mir etwas Entscheidendes fehlt. Genau deshalb hatte ich als Kind so viel geweint und mich immer einsam und verlassen gefühlt.

Ein kurzer Augenblick hat´s gut mit uns gemeint,
denn die Zeit danach hat uns vereint.

Wolf Dietrich

Der Unfall (Teil 2)

Inhalt

Seit einem Jahr lebe ich in Erfurt, ganz in der Nähe meiner Schwester. Mieten sind hier fast doppelt so teuer wie in Chemnitz und ich muss mich in vielem einschränken. Einen Balkon habe ich leider nicht, dafür eine kleine, wenn auch alte Einbauküche. Detlef hat tatsächlich recht schnell die Wohnung verkauft und mir wurde vom neuen Eigentümer die Miete drastisch erhöht. Trotz des neuen Vermieters mit neuem Vertrag musste ich drei Monate weiterzahlen. Mama wollte mir in ihrem Hochhaus eine Wohnung schenken. Aber ich ertrage die Hierarchien in einer Kleinstadt nicht, wo man eingeengt und ausgegrenzt wird. Ich besuche Mama jeden Monat, doch mit Mia will ich leben. Sie ist mein Spiegelbild, in ihr erkenne ich mich selbst. Wir wollen die verlorenen vierzig Jahre nachholen und so oft wie möglich zusammen sein.

Mias Söhne werden immer selbständiger und brauchen im Alltag die Hilfe ihrer Mutter kaum. Sie verbringen ihre Tage mit Schule, Sport und Freunden und bewundern ihren Vater. Maik ist als Journalist viel unterwegs, was die Jungs sehr beeindruckt. Tom will sogar ebenfalls Reporter werden oder Kameramann. Mia gefällt das weniger, da sie längst am Wahrheitsgehalt von Maiks Berichten zweifelt. Noch mehr als seine Reportagen schockiert sie, dass er das, was er schreibt, tatsächlich glaubt. Die Fragen, die er den Passanten stellt, hält sie für übergriffig und glaubt, dass er seinen Text schon lange vor der Reportage geschrieben hat.

„Seit einigen Jahren kommen Journalisten, Reporter und Fotografen in meinen Romanen nicht gut weg", sagt Mia lachend, obwohl sie es offenbar bitterernst meint. „Manche lasse ich sogar sterben."

Immerhin genießt sie ihre neu gewonnene Freiheit so oft wie möglich gemeinsam mit mir, was mich glücklich macht.

Neue Freunde suche ich mir hier in Erfurt nicht. Es bringt nichts. Sobald sie einen festen Partner haben, vergessen sie mich und melden sich erst wieder, wenn die ersten schwerwiegenden Probleme auftreten wie Schnarchen in der Nacht oder die falschen Hobbys oder noch Schlimmeres. Nach der Scheidung geht das ganze Theater von vorn los. Darauf habe ich weder Lust noch Verständnis.

*****

Mist! Die Kaffeemaschine läuft aus. Sobald ich Wasser einfülle, kommt es unten wieder heraus und macht auf der Arbeitsplatte eine große Pfütze. Beim Bäcker gegenüber gibt es guten Kaffee, trotzdem brauche ich eine neue Maschine. Im Internet finde ich einen wunderbaren Ersatz: blaues Gehäuse, kleine Kanne und ein Filter aus Plastik. Doch die Lieferzeit beträgt drei Wochen. So lange kann und will ich nicht warten.

Ich fahre zum Mediamarkt. Dort bieten sie mindestens zwanzig Automaten an, aber nur vier ganz normale Maschinen, alle in Schwarz und alle viel zu groß. Kurz entschlossen wähle ich eine preiswerte Kapselmaschine, obwohl ich niemals so etwas haben wollte, weil die Weichmacher der Kapseln krebserregend sein sollen und außerdem viel zu viel Plastikmüll produzieren. Doch für eine Person sind sie praktisch, zumal ich selten mehr als zwei Tassen pro Tag trinke. Leider gibt es dieses Gerät nicht in Blau, nur in Weiß.

Auf dem Weg zum Parkplatz löst sich die Sohle meines linken Schuhs und klafft vorn auseinander, so dass ich schlecht laufen kann. Ich habe keinen Ersatz, da ich immer nur ein Paar besitze: bequeme Schuhe aus Stoff mit Profilsohle aus Gummi und Lederschuhe mit einem leichten Blockabsatz, warme Stiefel für den Winter und Hauspantoffel. Also fix zurück in den nächsten Schuhladen. Hier gibt es viele Sneaker, aber alle schwarz oder beige mit weißer Sohle. Schwarz trage ich nicht und eine weiße Sohle ist unpassend für draußen.

Daheim bestelle ich blaue Schuhe mit blauer Sohle im Internet. Allerdings kommen sie aus China, was mir inzwischen gleichgültig ist. Wichtig ist, dass ich so schnell wie möglich passende Schuhe in der gewünschten Farbe habe.

Am Abend muss ich bügeln. Früher ließ ich immer einen ganzen Berg frisch gewaschener Wäsche zusammenkommen und bügelte nur das eine Teil, das ich gerade anziehen wollte. Doch seit ich hier in Erfurt wohne, habe ich keine Terrasse mehr wie in Chemnitz, muss also einen Trockner benutzen, was Blusen und Pullis zerknittert. Deshalb bügle ich seitdem alles sofort. Doch das Eisen wird nicht heiß. Es ist kaputt. Ausgerechnet heute, wo ich meine blaue Blümchenbluse tragen wollte. Es hilft nichts, ich muss ein neues Bügeleisen besorgen. Im Internet gibt es ein blaues für unter 30 €, das bereits übermorgen geliefert wird. Schnell klicke ich auf *sofort kaufen.*

Als es auch noch aus dem Staubsauger knallt und stinkt, ist mir zum Heulen zumute. Nichts klappt! Alles geht kaputt. Obendrein habe ich in diesem Monat kaum verdient, weil sich die Kunden ungewohnt lange Zeit lassen mit dem Bezahlen der Rechnungen und es bis jetzt keine neuen Aufträge gibt.

Repariert heute noch jemand Staubsauger? Ich greife das kaputte Teil und schleppe es hinunter in die Mülltonne.

„Das dürfen Sie nicht!", keift die Nachbarin. „Das gehört in den Wertstoffhof."

„Wertstoffhof? Ich weiß nicht, wo der ist und will es auch nicht wissen."

„Dann geben Sie ihn beim Elektrohändler ab! In die Mülltonne gehört Elektroschrott jedenfalls nicht."

„Sind Sie die Hauspolizei?"

Die Frau reißt den Mund auf und schaut mich entgeistert an.

Dann sagt sie ganz ruhig: „Dass Sie sich über mich lustig machen, ändert an der Situation nichts. Der Staubsauger gehört nicht in die Mülltonne."

„Sie haben Recht", gebe ich zu. „Wissen Sie, ich ärgere mich nicht über Sie, sondern über mein Pech während der letzten zwei Tage. Heute fiel mir das Glas meiner Sonnenbrille heraus, der Rahmen ist gebrochen. Und jetzt geht der Staubsauger kaputt. Gestern die Kaffeemaschine, das Bügeleisen und meine Schuhe."

„Ach, von Ihnen sind die Schuhe und das Elektrozeug in der Tonne?"

Gleich wird die Frau verlangen, dass ich die kaputten Teile aus dem Müll klaube. Aber sie tut es nicht, sie streicht tröstend über meinen Arm.

„Das liegt am Merkur. Der geht wieder mal rückwärts", klärt sie mich auf.

„So ein Unsinn!"

„Nein! Es ist wahr. Ich kenne mich in Astrologie gut aus und kann Ihnen Ihr Horoskop erstellen."

„Danke, so etwas brauche ich nicht", gebe ich verlegen zurück und denke an Detlefs neue Frau, die mir ständig die Karten legen will.

Wie kann man in einer aufgeklärten Zeit wie heute ernsthaft an derartigen Unsinn glauben? Man ist für sein Handeln und sein Leben selbst verantwortlich und sollte sich nicht hinter etwas undefinierbarem Größeren verstecken.

„Der Merkur geht etwa drei- bis viermal pro Jahr für etwa drei Wochen zurück. In dieser Zeit ist Vorsicht geboten. Gerade bei Ihnen ist das wichtig."

„Wieso?"

„Nun – Sie schreiben." Bedeutungsschwer nickt sie mir zu. „Merkur ist der Planet des Verstandes, der Technologie, des Reisens und vor allem der Kommunikation. Das führt zu Schwierigkeiten."

„Deshalb geht bei mir im Moment alles kaputt?", frage ich halb lachend und halb empört.

„Ganz genau."

„Weil ein Planet im Moment rückwärts läuft?"

Die Frau scheint abergläubisch zu sein.

„Natürlich läuft der Merkur nicht wirklich rückwärts. Er ist nur der Sonne näher als die Erde und kreist daher schneller um die Sonne, weshalb die Erde den Merkur regelmäßig überholt."

„Die Erde überholt den Merkur? Ist es nicht eher umgekehrt?"

Die Frau schüttelt den Kopf und erklärt weiter: „Wenn dies geschieht, sieht es so aus, als ob der Merkur am Himmel rückwärts wandert. Man sollte in dieser Zeit keine neuen Projekte starten, sondern Vergangenes aufarbeiten und überprüfen."

Ich muss schmunzeln, weil ich seit gut einem Jahr Vergangenes aufarbeite.

„So ist das also."

Mit Astrologie und Sterndeutung kenne ich mich

nicht aus und nehme sie auch nicht ernst. Aber die vielen kaputten Dinge während der letzten zwei Tage geben mir sehr wohl zu denken.

Unfall

Mia wischt in meiner Küche herum. Ich hasse das. Obwohl ich alles vor ihrem Besuch sauber abgewischt habe, beginnt meine Schwester, alles noch besser zu putzen. Sie weiß, dass mir der Haushalt gleichgültig ist. Sie weiß aber auch, dass ich es nicht mag, wenn sie mir ihre Ordnung aufdrängt.

„Lass das!", rufe ich verärgert aus. „Setz dich endzu mir! Der Sekt wird warm und der Kaffee kalt."

„Tisch und Boden müssen immer sauber und blitzblank sein, dann ist der Rest nicht so schlimm. Und Kleider gehören in den Schrank."

„Jaja", stimme ich verärgert zu.

Ich höre den Mülleimer klappen. Natürlich hat Mia die Verpackung der Kekse entsorgt, die ich einfach auf der Arbeitsplatte liegen ließ, nachdem ich die Kekse extra in eine hübsche Schale füllte. Für mich mache ich derartigen Zutsch nicht.

„Ich lege nur noch deine Sachen aufs Bett, wegräumen musst du sie selbst."

Mias Handy summt.

„Die Nummer kenne ich nicht", sagt sie und drückt sie weg. „Bestimmt wieder die nervige Targobank, die mir einen Kredit aufschwatzen will."

Es klingelt erneut. Dieses Mal nimmt Mia das Gespräch an. Ihre verkniffene Miene ändert sich, die wohl geplante unfreundliche Bemerkung bleibt ihr im Halse stecken. Verstört schaut sie mich an und sinkt aufs Sofa.

„Was ist?", erkundige ich mich.

„Maik. Er liegt im Krankenhaus. Ich soll sofort kommen."

Ich greife meine Tasche und die Jacke und springe Mia voraus die Treppe hinunter zum Ausgang. Wir eilen zum Rathaus, wo die Straßenbahn Richtung Klinik fährt.

„Was ist denn passiert?"

Maik ist Journalist und viel unterwegs. Er recherchiert auch auf Demonstrationen, wo es manchmal ziemlich heftig zugeht. Vielleicht wurde er verletzt.

„Nichts weiß ich. Nur, dass Maik einen Unfall hatte. Mehr hat man mir am Telefon nicht gesagt."

„Willst du schnell die Jungs informieren?"

„Nein. Ich will erst wissen, wie es Maik geht und was genau passiert ist." Mia lächelt gequält. „Vielleicht hat er nur eine kleine Beule am Kopf."

„Vielleicht", antworte ich, obwohl wir beide wissen, dass wegen einer kleinen Beule die Angehörigen nicht ins Krankenhaus gerufen werden.

„Oberarzt Seidel. Wer von Ihnen ist Frau Michalek?"

„Ich", krächzt Mia und tritt einen Schritt vor, klammert sich aber derart fest an meine Hand, so dass ich ebenfalls einen Schritt vortreten muss.

„Ihr Mann ist bereits operiert und liegt auf der Intensivstation."

„Internsiv?", stottert sie. „Was heißt das?"

Mia presst meine Finger so heftig zusammen, dass ich vor Schmerz fast aufgeschrien hätte.

„Leider muss ich Ihnen sagen, dass die Verletzungen Ihres Mannes so schwer sind, dass er nicht ansprechbar ist."

„Was heißt das?", fragt Mia noch einmal.

„Er liegt im Koma."

„Aber er wird doch gesund!"

„Das kann man jetzt noch nicht so genau sagen."

„Kann ich ihn sehen?"

Der Arzt nickt und führt uns in ein Zimmer, in dem wir Schutzkleidung anlegen müssen: Kittel, Handschuhe und Mund-Nasenschutz. So vermummt erkennt uns niemand, auch Maik nicht.

Dann erkennen wir Maik nicht, als wir an seinem Bett stehen. Sein Kopf und das linke Auge stecken unter einem großen Verband, das rechte Auge und die linke Wange sind stark geschwollen und dunkelblau. Sein linkes Bein ist in Gips eingefasst und hängt an einer Halterung über dem Bett, der linke Arm ist verbunden und in einer Schale aus Plastik fixiert. Ein beängstigender Anblick. Neben seinem Bett zeichnen mehrere Monitore diverse Linien, aus einer Flasche tropfen Infusionen in seinen Körper. Das ständige Zischen und Piepen geht mir durch und durch. Ich will hier raus, aber Mia krampft ihre Nägel in meinen Arm.

„Kannst du mich hören?", fragt sie.

„Wer? Ich?"

„Maik! Sag was!"

Ich drücke Mias Kopf gegen meine Schulter und flüstere: „Alles wird gut", obwohl ich bei Maiks Anblick selbst nicht daran glaube.

Er hat die Augen geschlossen und wirkt an all den vielen Drähten und Schläuchen wie eine künstliche Marionette, nicht wie ein lebendiger Mensch. Ich bin froh, dass er uns in diesem Aufzug nicht sehen kann, weil er uns so vermummt gar nicht erkennt und am Ende den Schock seines Lebens erleidet.

„Ihr Mann hat keine Wirbelsäulenverletzung und auch keine an den Organen. Die Frakturen an Rippen, Bein und Arm werden bald verheilt sein, Sorgen macht uns das Schädel-Hirn-Trauma."

Ich merke, dass Mias Beine einknicken. Im gleichen Moment greift der Arzt unter ihre Arme und fängt sie auf. Eine Schwester schiebt geistesgegenwärtig einen Stuhl näher.

„Sie können im Moment nichts tun. Gehen Sie jetzt nach Hause. Wir werden Sie informieren, wenn es Neuigkeiten gibt."

*****

„Tom, du darfst deinen Vater sehen, weil du schon vierzehn bist. Aber es ist kein schöner Anblick, weil er an vielen Schläuchen angeschlossen ist", erklärt Mia am Abend ihren Söhnen.

„Komplett verkabelt also", gibt er locker zurück.

„Wird er sterben?", fragt Paul ängstlich.

„Nein." Mia holt tief Luft. „Aber es ist möglich, dass er anders ist."

„Wie anders?"

„Ich weiß nicht. Dass er manches nicht mehr kann oder so."

„Krass! Wird er blöde?"

„Tom!", mahnt Mia. „Deckt den Tisch! Ich lege mich ein paar Minuten hin."

„Ich will keine Bemme! (mit Wurst oder Käse belegtes Butterbrot) Ich hol nen Döner."

„Oder Pizza!", ruft Paul.

Mia ergreift meinen Arm und zieht mich ins Schlafzimmer.

„Lass mich jetzt nicht allein! Ich dreh sonst durch."

Besuch im Krankenhaus

Maik liegt seit gestern auf der Normalstation der Klinik. An seinem Bett sitzt eine junge Frau und hält seine Hand. Ihre langen blonden Locken fallen über ihre Schultern und verdecken ihr Gesicht. Sie trägt ein schwarzes Kapuzenshirt mit der Aufschrift

I hate Nazis. Ganz sicher ist das keine Krankenschwester und auch keine Therapeutin.

Mia tritt näher. Da die Frau keine Anstalten macht, den Platz zu räumen, geht sie auf die andere Seite des Bettes und beugt sich zu Maik herunter, um ihn zu küssen.

Doch der wehrt ab und fordert: „Lassen Sie uns allein!", und wendet sich wieder der fremden Frau zu.

Die lacht gehässig, beugt sich über Maik und küsst ihn mitten auf den Mund.

„Wer sind Sie?", herrscht Mia die Frau an.

„Das geht Sie nichts an. Haben Sie nicht gehört, dass mein Mann wünscht, Sie sollen uns allein lassen?"

Mia schnappt nach Luft und ich kann sie gerade noch daran hindern, sich auf die Frau zu stürzen.

„*Ihr* Mann?", stammelt Mia und geht einige Schritte vor.

„Wie kommen Sie dazu, Maik Ihren Mann zu nennen?", frage ich, weil es Mia offenbar die Sprache verschlagen hat. „Verschwinden Sie! Sonst rufe ich die Polizei."

„Möchten Sie mit dem Arzt sprechen?", fragt eine Krankenschwester, die plötzlich neben uns steht.

„Zuerst soll diese Person verschwinden."

Mia zeigt mit dem Arm auf die Frau an Maiks Bett.

„Bitte sprechen Sie mit Dr. Seidel. Er erwartet Sie."

Ich sehe, wie Mia nachgibt. Ihr ganzer Körper wirkt

schlapp, als ob er keine Muskeln und Knochen mehr in sich hat. Eilig hake ich sie unter und ziehe sie hinter mir her. Hinaus aus dem Krankenzimmer, über den langen Flur zum Raum des Arztes.

„Offenbar ist der Temporallappen Ihres Mannes beschädigt."

„Was heißt das?"

„Es ist eine partielle Amnesie, die Unfähigkeit, sich an Erfahrungen, Ereignisse oder Personen zu erinnern."

„An die Person in seinem Zimmer, die vorgibt, seine Frau zu sein, scheint mein Mann sich sehr gut zu erinnern."

„Deshalb sagte ich partiell, also teilweise."

„Holen Sie jetzt die Polizei, die diese Hochstaplerin entfernt?", bringt Mia mühevoll hervor. „Oder muss ich das selbst tun?"

„Wie können Sie meiner Schwester helfen?", hake ich nach.

„Im Moment ist das schwierig, denn jeder Patient bestimmt selbst, wen er sehen will und wen nicht."

„Und *mich* will er nicht sehen? Diese Frau ist eine Lügnerin!"

„Vielleicht. Vielleicht auch nicht."

„*Ich* bin mit ihm verheiratet."

„Ich weiß. Aber Ihr Mann weiß das nicht. Er erkennt Sie nicht, aber er erkennt die andere Frau und ist sehr vertraut mir ihr. Vermutlich ist sie eine", der Arzt räuspert sich, „seine Freundin."

175

„Freundin?"

„Es tut mir leid", versichert der Arzt. „In diesem Fall kann ich Ihnen leider nicht helfen. Ich werde Sie anrufen, wenn Ihr Mann Sie sehen will."

Fassungslos starrt Mia den Mann an.

„Ich sitze derweil daheim und warte ab, ob ich zu ihm darf?"

Ist das tatsächlich so, dass die Ehefrau nicht ans Krankenbett ihres Mannes darf, wenn der Patient das nicht wünscht? Aber eine fremde Person muss sie dulden? So etwas darf der Arzt nicht zulassen. Er hält sich an völlig unlogische Vorschriften. Was können wir tun in dieser verworrenen Situation?

„Kennst du einen Anwalt?", frage ich leise.

Mia nickt.

„Dann gehen wir jetzt zu ihm." Ich wende mich an Dr. Seidel. „Lehnt Herr Michalek auch seine beiden Söhne ab?"

Verwundert schaut mich der Arzt an.

„Kinder hat er nicht erwähnt."

Er blättert in seinen Unterlagen.

„Sie heißen Tom und Paul und werden gleich morgen hier sein."

„Ein Versuch ist es wert. Aber es könnte ein Schock für die Kinder bedeuten, wenn der Vater sie nicht erkennt."

„Wir werden sehen. Guten Tag."

Ich hake Mia fester unter und ziehe sie aus dem Arztzimmer. Ich hasse Krankenhäuser und dieses scheint mir besonders steril und abweisend. Selbst die Grünanlage draußen wirkt kalt und künstlich. Ich muss lange nach einer Bank suchen.

„Gib mir dein Handy!", fordere ich sehr bestimmt.

Wie im Trance greift Mia in ihre Tasche und zieht ihr Handy heraus.

„Ruf deinen Anwalt an!"

Mia schaut mich an, als verstünde sie kein Wort. Ich reiße ihr das Telefon aus der Hand, drücke auf Kontakte und scrolle das A durch, finde aber keinen Anwalt.

„Wie heißt dein Anwalt?"

Mia sieht mich an. Aber ich sehe in ihrem Blick nur Leere.

„Dein Anwalt! Wie heißt der?"

„Ute. Die gute Ute."

„Den Namen!"

Es hat keinen Sinn. Mia ist wie weggetreten. Ich gebe *Anwälte für Autoren Erfurt* ein, erhalte aber nur allgemeine Hinweise für Autoren- und Urheberrecht. Das bringt mich nicht weiter. Beim nächsten Versuch schreibe ich *Familienrecht Erfurt Ute* und erhalte mehrere Treffer, die nichts mit einer Ute zu tun haben, finde aber beim Scrollen eine Kanzlei Ute Schrader, Fachanwältin für Familienrecht. Ich rufe sie sofort an.

„Guten Tag. Mein Name ist Neumann. Ich bin die Schwester von Frau Mia Michalek, die Mandantin in Ihrer Kanzlei ist." Genau weiß ich das nicht, aber wenn man etwas will, muss man forsch auftreten und darf keinen Zweifel aufkommen lassen. „Ich muss mit Frau Schrader sprechen. Dringend."

„Worum genau geht es?"

„Es ist eine sehr dringende Familienangelegenheit, da der Ehemann von Frau Michalek im Krankenhaus liegt."

„Und was genau ist Ihr Problem?"

„Bitte stellen Sie mich durch. Es ist wirklich dringend."

„Ich weiß nicht ... Ich müsste erst schauen und wissen, worum es geht."

„Es geht um Gedächtnisverlust. Frau Michalek benötigt möglichst sofort eine Beratung."

„Kann sich Frau Michalek nicht erinnern?"

„Doch! Es ist zu kompliziert. Verbinden Sie mich *bitte* mit der Anwältin!"

Ich höre leises Gemurmel im Hintergrund und kann endlich mit Frau Schrader sprechen. Sie vereinbart einen Termin noch am gleichen Tag und verlangt die Heiratsurkunde, gemeinsame Kontoauszüge und den Wohnsitznachweis zu sehen. Am Ende helfen all diese Papiere nicht, denn es zählt allein der Wille des Patienten. Er entscheidet, wer ihn besuchen darf und wer nicht.

„Theoretisch ist mir klar, dass der Patient festlegt, wen er sehen möchte, nur praktisch komme ich nicht damit zurecht, dass man mich nicht zu Maik ins Zimmer lässt." Plötzlich springt Mia auf und sagt überlaut: „Ich wusste es!"

„Was wusstest du?"

„Dass Maik fremd geht. Seine übertriebene Lässigkeit ist doch nicht normal."

Auch Mias Eifersucht ist nicht normal. Sogar mir unterstellt sie Interesse an ihrem Mann. Dabei bin ich ihre Schwester und käme im Leben nicht auf die Idee, mit Maik ein Techtelmechtel anzufangen.

*****

„Voll krass!", berichtet Tom und schnalzt mit der Zunge.

„Du bist blöd! Saublöd!", schimpft Paul und tritt mit dem Fuß gegen Toms Schienbein.

Tom boxt seinen Bruder gegen die Schulter.

„Du auch, hast die ganze Zeit geheult. Memme!"

Mia umarmt ihre Jungs. Ich klopfe auf Toms Schulter und wuschle Paul durch die Locken.

„Der Papa will uns nicht", weint Paul. „Er hat uns weggeschickt. Wir sollen woanders spielen."

Tom lacht und fasst sich an den Kopf.

„Der ist blockiert, Festplatte gelöscht. Der macht mit ner Tussi rum."

Mia schnappt nach Luft.

„Wisst ihr, wie die Frau heißt?", frage ich.

„Xenus oder so. Xenia. Genau."

Xenia bedeutet die Fremde. Uns ist sie fremd, für Maik offenbar nicht. An sie erinnert er sich, doch nicht an seine Frau und seine Söhne.

„Wir müssen mit der Frau sprechen", schlage ich vor.

„Meinst du, sie hat Lust dazu?"

„Wichtig ist, was *Du* willst. Und du willst wissen, wer sie ist und in welcher Beziehung sie zu Maik steht. Er kann es dir nicht sagen, weil er sich nicht daran erinnert."

Mia schnieft durch die Nase.

„An sie erinnert er sich, nur nicht an mich und an seine Söhne. Sie bedeutet ihm mehr als seine Familie."

„Das kannst du so nicht sagen. Er ist krank. Vielleicht war sie die letzte Person, die er vor seinem Unfall gesehen hat. Nur deshalb erinnert er sich an sie und sie nutzt die Situation schamlos aus."

„Mag sein. Aber ich habe keine Lust zu warten, bis er sich wieder auf mich besinnt."

„Was meinst du damit?"

„Ich will die Scheidung, weil er eine Andere hat und mich wer weiß wie lange schon betrügt."

„Wirf deine Ehe nicht weg! Sie war gut bist jetzt, oder?"

„Ich weiß nicht, was gut oder schlecht an unserer Ehe ist oder war. Wir sind nie ungestüm übereinander hergefallen, wie man es manchmal in Filmen sieht. Wir wussten nur recht schnell, dass wir uns ergänzen und gute Partner sein würden."

„Auf Augenhöhe", ergänze ich.

„Es gab keine Missstimmungen zwischen uns, weil wir einander kannten und so akzeptierten, wie wir sind." Mia denkt nach. „Dachte ich zumindest. Jetzt kenne ich Maik nicht mehr und er mich nicht, als hätten wir einander nie getroffen."

„So etwas darfst du nicht sagen, nicht einmal denken. Maik ist nach wie vor dein Mann und der Vater eurer Kinder."

Mia zuckt schwach mit der Schulter und wirkt auf mich völlig verunsichert.

Maik hat offenbar ein Verhältnis mit einer anderen Frau, was eine Scheidung rechtfertigt. Aber Maik ist krank. Das erklärt und entschuldigt nicht sein verlogenes Doppelleben, das er vielleicht schon seit Jahren führt. Trotzdem rate ich Mia, nichts zu überstürzen.

„Du musst zu deinem Eheversprechen stehen: In guten wie in schlechten Zeiten, in Gesundheit und Krankheit."

„Komm mir nicht mit solchen Plattheiten!", zischt Mia.

*****

Von der Polizei erfahren wir, dass Maik allein im Auto unterwegs war, als der Unfall passierte. Offenbar telefonierte er, geriet dabei auf die Gegenspur und rammte einen Baum. Wäre er frontal auf den Baum oder auf Gegenverkehr geprallt, wären die Verletzungen erheblich schlimmer ausgefallen oder er hätte nicht überlebt. Mit wem hatte er telefoniert? Mit Mia nicht. Die Polizei weiß es, weil sie die Handydaten auswerten konnte, wollen es aus Datenschutzgründen aber nicht sagen.

Wir erkundigen uns, ob die Polizei die fremde Frau aus dem Krankenzimmer entfernen kann und erhalten die gleiche Antwort wie vom Arzt, dass allein der Patient entscheidet, wen er sehen möchte und wen nicht.

„Sprechen Sie mit dem Arzt oder der Ärztin und der Therapeutin oder dem Therapeuten Ihres Mannes! Sie können ihn vorbereiten."

Arzt oder Ärzt*in*. Ich sehe Mia an und denke das Gleiche wie sie: Ist ein Arzt anders als eine Ärztin? Vielleicht sogar besser? Für mich ist dieser Unterschied diskriminierend. Das war schon früher so, denn meine Mutter sagte einmal, es hätte sie kein Arzt untersucht, sondern *nur* eine Ärztin.

„Worauf denn vorbereiten?", fragt Mia.

„Dass Ihr Mann einem Gespräch zustimmen sollte, weil er mit Ihnen verheiratet ist."

Die Idee mit dem Therapeuten gefällt mir. Doch Mia ist skeptisch.

„Meinst du, ich warte, bis er mich zum Teufel schickt? Ich will ihn nicht mehr, weil ich ihm nicht vertrauen kann. Nie wieder."

„Das verstehe ich. Doch du solltest mit ihm reden

und mit der Frau auch."

„Nein. Das habe ich nicht nötig."

„Willst du nicht um deine Ehe kämpfen?"

„Nein, weil ich keine Kämpfe mag. In der Liebe schon gar nicht. In der Liebe muss man loslassen und darf nicht klammern. Maik liebt nicht mich. Er liebt eine Andere."

„Maik ist krank! Begreife das endlich! Er weiß nicht wirklich, was er sagt und was er tut. Alles wird sich aufklären und so schön werden wie früher."

„Ich will aber nicht. Maik hat ein Verhältnis, vielleicht schon seit Jahren."

„Vielleicht aber auch nicht. Warte ab und hab Geduld!"

„Wozu? Er hat sich entschieden und ich habe seine Entscheidung zu akzeptieren."

Mia hat Recht. Trotzdem möchte ich nicht, dass sie so schnell aufgibt.

„Warte, bis Maik gesund ist! Oder wenigstens, bis die Therapeutin mit ihm gesprochen hat. Dann wissen wir mehr."

Mia sieht elend aus. Ich vermute, dass sie vor Kummer und Sorge gut fünf Kilogramm abgenommen hat. Ich dagegen habe zwei Kilo zugenommen, was wohl daran liegt, dass ich mich nun als Person komplett fühle, seit ich Mia und meine Mutter fand.

Xenia

Sie ist tatsächlich gekommen. Ich sitze im Stadt-
café am Fenster und betrachte sie prüfend, während Xenia forsch auf mich zukommt. Hose und
Pulli liegen eng am Körper an und betonen ihre
drallen Brüste und die schmale Taille. Ihr langes
blondes Haar umspielt Hals und Schultern. Ich
muss zugeben, dass Xenia hinreißend aussieht.
Doch die Menschen sind nicht das, was sie schei-
nen und selten etwas besseres.
Xenia lacht mich aus ihrem auffallend großen und
knallrot geschminkten Mund herausfordernd an.
„Sind Sie die Echte oder nur ihr Zwilling?"
„Ich bin Mandy. Maiks Frau möchte nicht mit Ihnen
sprechen."
Wieder lacht Xenia.
„Umso besser", gibt sie schnippisch zurück. „Was
wollen Sie von mir?"
„Ich möchte Sie kennenlernen und verstehen, was
Maik in Ihnen sieht."
Aufreizend dreht sie ihre Hüften und wählt schließ-
lich den Platz mir gegenüber.
„Fragen Sie ihn doch!"
„Sie wissen, dass das im Moment nicht so einfach
ist."
„Also gut. Fragen Sie! Es wird mir ein Vergnügen
sein, Sie mit all den wunderbaren Details zu unter-

halten."

Mit einer guten Unterhaltung rechne ich nicht. Ich versuche, meine Schwester auszublenden und mich möglichst unvoreingenommen auf Xenia zu konzentrieren. Sachlich wie ein guter Reporter.

„Sind Sie ein Paar?"

„Was glauben Sie denn?"

Xenia lächelt spöttisch.

„Ich glaube gar nichts. Ich weiß nur, dass sich meine Schwester von Maik trennen wird, falls er tatsächlich eine andere Frau liebt."

„Wird auch Zeit", gibt Xenia patzig zurück. „Seit Monaten warte ich darauf. Maik ist mein absoluter Traummann. Er sieht unglaublich gut aus und hat Humor."

„Ich finde Maik ebenfalls genial, aber ich schlafe nicht mit ihm, weil er der Mann meiner Schwester ist."

Xenia grinst und tippt an ihre Stirn.

„Schön dumm! Man muss die Dinge nehmen, wie sie kommen und darf keine Situation ungenutzt verstreichen lassen."

„Sie sind also ein Opportunist."

„Was heißt das?"

„Das sind Leute, die nur auf ihren eigenen Vorteil bedacht sind."

„Wie jeder eben."

„So lange man niemandem schadet, ist das in Ordnung."

„Ich bin nicht für das Glück anderer zuständig."

„Natürlich nicht."

Xenia bestellt eine Schokolade und einen Aperol Spritz und ich einen doppelten Espresso.

„Wie haben Sie sich eigentlich kennengelernt?"

„Wir arbeiten seit letzten Herbst zusammen und zwar sehr eng."

„Sie arbeiten zusammen?"

Maik sieht Xenia also häufiger als seine Frau. Dann ist es keine Affäre mehr, sondern schon eine Beziehung. Die meisten Beziehungen beginnen am Arbeitsplatz. Das wundert mich nicht, denn bei gemeinsamen Unternehmungen kommt man sich näher, hat gleiche Interessen und Erlebnisse. Ich fürchte, Mias Chancen auf ein gutes Ende schwinden.

Xenia zwinkert mir zu.

„Bei all seinen Reportagen bin ich mit der Kamera dabei. Immer." Sie hebt den Zeigefinger und wiederholt: „Immer! Wir fahren gemeinsam in seinem Auto zum Drehort und schlafen im gleichen Hotel, wenn wir auswärts zu tun haben."

Im gleichen Hotel bedeutet: im gleichen Bett. Da Maik als Reporter viel unterwegs ist, wundert mich nicht, dass Mia nicht merkte, dass er fremdgeht. Ein Journalist telefoniert häufig und muss auswärts übernachten. Wie lange die Reportagen dauern, weiß er oft selbst nicht und kann dabei nicht angerufen werden. Das erleichtert das Geheimhalten einer Beziehung zu einer anderen Frau.

„Glauben Sie, dass Maik Sie mehr liebt als seine Frau, seine Familie?"

„Hören Sie! An mich erinnert er sich, an seine Frau nicht. Das sagt doch alles!"

Im Grunde hat Xenia Recht. Und doch bleibt nach wie vor ein Zweifel in mir. Genau benennen kann ich ihn nicht. Vielleicht ist es nur der Wunsch, dass Mias Ehe wieder in Ordnung kommt. Ich sehe, wie Mia leidet und möchte, dass es ihr wieder gut geht.

„Haben Sie mit Maik über eine gemeinsame Zukunft gesprochen?"

„Das brauchen wir nicht, weil alles klar ist. Maik wird nächste Woche entlassen und zieht sofort bei mir ein. Ich habe alles vorbereitet. Seine persönlichen Sachen werde ich morgen abholen lassen."

Mit einem Mal ertrage ich Xenias Gegenwart nicht mehr, stehe abrupt auf, bezahle den Kaffee und eile davon.

Soll ich Mia davon erzählen? Oder ist es besser, sie nicht damit zu quälen, dass Xenia nicht auf Maik verzichten wird. Andererseits muss sie erfahren, dass bereits morgen Maiks Sachen abgeholt werden. Es ist zum Verzweifeln. Mia bleibt keine Chance, mit ihrem Mann zu sprechen.

Wortlos packt sie alle seine persönlichen Sachen und stellt sie vors Haus.

„Du machst alles kaputt!", schimpft Paul und versucht, eine der Kisten zurück ins Haus zu tragen.

„Euer Vater hat eine neue Freundin. So etwas kommt vor", stellt Mia klar. „Wir müssen uns damit abfinden."

„Ich will aber nicht!"

Paul ist außer sich vor Zorn auf seine Mutter, seinen Vater und die ganze Welt, während Tom lacht. Es ist ein gequältes Lachen.

„Den Alten mag ich schon lange nicht mehr", behauptet er.

„Du lügst!"

„S gladschd glei (es klatscht gleich), du Baby. Nie was von Scheidung gehört? Normal heutzutage."

Paul tritt seinem Bruder gegen das Schienbein und der holt mit seiner Hand zu einer Ohrfeige aus, was ich gerade noch verhindern kann, indem ich Toms Arm abfange.

„Misch dich nicht ein und kümmere dich um deinen eigenen Kram!", zischt er zurück und verschwindet hinter der nächsten Hausecke.

Mir scheint, dass Tom den Auszug seines Vaters noch weniger verkraftet als Paul und Mia. Er versteckt sich hinter Wutausbrüchen und tut so, als ginge ihn die Trennung der Eltern nichts an.

„Papa ist ein gemeiner Verräter! Ich hasse ihn!"

„Paul, so darfst du nicht denken. Dafür gibt es zwei Gründe. Der erste ist, dass dein Vater krank ist. Du hast selbst erlebt, dass er sich nicht an dich erinnert. Auch nicht an Tom und eure Mutter."

„Vielleicht tut der nur so! Er ist ein Arschloch!"

Ich seufze und ziehe Paul zu mir heran, um ihn in meine Arme zu schließen und zu trösten. Aber er schiebt mich beiseite.

„Der zweite Grund ist, dass er mit Xenia zusammen arbeitet. Er sieht sie jeden Tag viele Stunden, öfter und länger als euch. Das schweißt zusammen."

„Mama verliebt sich auch nicht in ihren Chef, den sie jeden Tag sieht."

„Du hast Recht", stimme ich zu, obwohl man einen schon recht alten Bibliothekar nicht mit einer blutjungen und auffallend schönen Frau vergleichen kann, die sich aufreizend sexy kleidet.

Der Bibliothekar hockt in geschlossenen Räumen über toten Büchern und beschäftigt sich mit längst vergangenen, verstaubten Geschichten, während Maik sich für das aktuelle Leben, Menschen und Geschehnisse interessiert. Maik mag keine alten Drucksachen, er mag moderne Medien, neue Technologien und Trends, pflegt Kontakte und knüpft Netzwerke. Er ist aktiv unterwegs und somit für viele interessant. Auch für Xenia.

„Du solltest nicht schlecht über deinen Vater denken."

„Ich will, dass er zu uns zurück kommt."

„Ja, das wäre schön", stimme ich zu. „Was hältst du davon, wenn wir zwei deinen Vater besuchen?"

„Geht das?"

189

Misstrauisch mustert mich Paul.

„Das geht. Er ist krank und wir beide machen einfach einen Krankenbesuch."

So einfach wird das nicht sein, vor allem, wenn Xenia daheim ist. Aber ein Versuch ist besser als tatenlos abzuwarten.

„Du weißt ja, dass sein Gehirn seit dem Unfall nicht mehr richtig funktioniert. Deshalb erinnert er sich nicht an dich und Tom und eure Mutter."

„Ich weiß."

„Aber keiner weiß, ob sein Gedächtnis eines Tages wieder ganz normal arbeitet und er dann lieber bei euch daheim wohnen will."

„Und wenn Mama ihn dann nicht mehr will?"

„Sie will ihn nicht, weil sie glaubt, dass er Xenia lieber mag als euch."

„Wird wohl so sein, sonst würde er nicht bei ihr wohnen." Paul wischt sich über die Augen. „Er hat ihre Hand gehalten, aber mich und Mama hat er weggeschickt."

„Ich finde das genauso schlimm wie du."

Sanft wuschle ich durch Pauls Locken.

Paul sagt, was er denkt und fühlt, während sich Tom hinter Wutausbrüchen versteckt. Mia bleibt kühl und sachlich und nimmt alles gelassen und gefasst hin. Ich kenne Maik kaum und doch scheint mir sein Verhältnis zu Xenia näher zu gehen als meiner Schwester.

Besuch bei Maik

„Ich kenne Sie!", ruft Maik aus, als er mir die Tür öffnet. „Sie waren im Krankenhaus."

„Stimmt. Mein Name ist Mandy. Und das", ich zeige auf den Jungen, „ist Paul."

„Ihr Sohn?"

Ich schüttle den Kopf und überlege, ob ich sagen soll, dass Paul *sein* Sohn ist. Aber ich überlege zu lange und die Gelegenheit ist ungenutzt verstrichen.

„Papa ...", murmelt Paul.

„Was ist mit deinem Vater?"

„Er erinnert sich nicht an mich."

Maik tätschelt Pauls Schultern.

„Aber nein! Das denkst du nur, denn so etwas gibt es nicht, weil man seinen Sohn niemals vergisst."

„Und doch hat er es getan", murmelt Paul.

„Ist Xenia da?", frage ich.

„Nein. Sie kommt erst in einer Stunde zurück."

Erleichtert seufze ich und lächle Maik an.

„Sie kennen Xenia?"

Fast hätte ich etwas Garstiges gesagt, aber ich nicke nur und frage: „Dürfen wir reinkommen?"

Maik zögert. Dann zeigt er auf die vielen Kisten im Flur und erklärt: „Wir sind erst neu eingezogen."

Ich schlängle mich an der Unordnung vorbei und betrete die Stube, deren Wände mich in schrillen

Farben anschreien: Neonpink, Grün und Königsblau. Hier würde ich keine zwei Stunden aushalten, ohne Augenschmerzen zu bekommen. Überall hängen Poster von Filmen und Fotografien, die Xenia offenbar auf ihren Reisen rund um die Welt gemacht hat. Es gibt Aufnahmen von Stränden mit Palmen, dem Eiffelturm, Pyramiden, Alhambra und der Chinesischen Mauer. Aber auf keinem der Bilder sehe ich Maik.

„Haben Sie und Xenia die vielen Reisen nicht gemeinsam gemacht?", frage ich.

Maik runzelt die Stirn. Er wirkt verunsichert und gleichzeitig ablehnend.

„Weil Sie auf keinem Bild drauf sind."

„Wieso?", fragt er abwesend, als hätte er diesen Umstand noch nie bemerkt.

Schnell schaue ich weg und betrachte die alten Filmrollen und Kameras, die wild verstreut im Raum stehen, dazu seltsame Dinge vom Flohmarkt. Der Boden ist bedeckt von bunten Flickenteppichen. Möbel gibt es praktisch nicht. In einer Ecke steht ein alter Projektor auf einem Stapel Bücher, daneben ein abgewetzter Plastikstuhl.

Mitten im Raum verteilt sind mehrere verschiedene Stühle und Sessel, die wohl ebenfalls vom Flohmarkt stammen. Als Tisch dienen drei übereinander gestapelte Holzpaletten vom Baumarkt, der überladen ist mit Zeitschriften, verschiedenen Flaschen und seltsam geformten Tassen. Hier könnte sich ein junger Student wohlfühlen, aber kaum ein etablierter Journalist wie Maik.

„Interessant", äußere ich und zeige mit dem Arm in den vollgestopften Raum.

„Geil!", ruft Paul aus.

„Möchten Sie etwas trinken? Kaffee, Tee, Saft?"

„Nein, danke." Ich mustere Maiks Gesicht und beschließe, gleich aufs Ganze zu gehen. „Irgendwie passen Sie nicht hierher."

„Nein?" Maik schmunzelt amüsiert. „Wohin passe ich denn?"

„Eher in eine schicke moderne Designerwohnung wie … wie vor Ihrem Unfall."

„Wie meinen Sie das?", fragt er lachend.

Doch fast im gleichen Moment zeigen sich Zornesfalten auf seiner Stirn.

„Was wollen Sie eigentlich? Und wer sind Sie überhaupt?"

Ich ziehe mein Handy aus der Tasche und zeige Maik das Foto von mir und Mia.

„Das ist meine Zwillingsschwester. Sie heißt Mia."

„Sie ist meine Mutter", ergänzt Paul.

„Zwillinge." Maik überlegt. „Neulich lernte ich Zwillinge kennen, aber ich weiß nicht mehr, wo das war. Vielleicht habe nur einen Film über sie gesehen. Ich kann mich nicht erinnern."

„Woran kannst du dich erinnern?", fragt Paul.

„Das ist eine interessante Frage. Ich hatte vor kurzem einen Unfall und dabei einen Teil meiner Erinnerung verloren."

„Hilft Ihnen eine Therapie, sich zu erinnern?"

„Nein. Meine Frau sagt, das brauche ich nicht, weil ich im Grunde wieder ganz der Alte bin."

„Ihre Frau? Sie meinen Xenia", stelle ich richtig. „Sie sind ja nicht miteinander verheiratet."

Maik betrachtet mich prüfend und öffnet den Mund, als ob er etwas sagen will. Doch er schweigt. Er denkt nach. Wenn Maik keine Therapie macht, schwinden die Chancen, dass er sich erinnert. Will Xenia das absichtlich verhindern?

„Heute heiratet man nicht mehr so schnell, zumindest nicht, wenn man bereits verheiratet ist", bohre ich weiter.

Maik lacht und stimmt mir zu.

„Mein Bruder will genau wie du Reporter werden."

„Woher weißt du, dass ich Reporter bin?"

„Weil ich dich kenne. Mein Bruder kennt dich auch. Sehr gut sogar. Er heißt Tom. Erinnerst du dich an Tom?"

„Tom? Tom." Maik schaut an die Decke, als ob dort oben die Antwort auf Pauls Frage steht. „Vielleicht kann er während der Ferien ein Praktikum bei mir machen."

„Geil! Ich sag´s ihm!"

Prüfend schaut er seinen Vater an und bittet ihn um seine Handynummer. Seine bisherige Nummer funktioniert seit dem Unfall nicht mehr, weshalb Maik keine alten Kontakte mehr hat. So kann er sich nicht selbst mit seiner Vergangenheit beschäftigen, nach keinen Namen forschen und Adressen abklären. Es gibt keine Fotos, keine Gesprächsverläufe und somit keine Beweise für den Kontakt mit seiner Frau und seinen Söhnen.

Paul hält sein Handy in der Hand und wartet auf die neue Telefonnummer seines Vaters. Der beugt sich näher und erkennt sein Foto auf dem Display des Jungen.

„Wieso hast du mein Foto auf deinem Handy?", fährt er auf.

„Schon immer habe ich dein Foto bei mir und du hattest eins von mir."

„Was wird hier gespielt?"

Maik schaut erst Paul und dann mich an.

„Wir wollen, dass Sie sich erinnern", gebe ich ruhig zurück.

Plötzlich sehe ich Angst in Maiks Augen.

„Du und dein Bruder! Jetzt weiß ich´s wieder! Ihr wart schon im Krankenhaus und auch die Zwillinge. Was soll das Ganze?"

Er springt auf, fuchtelt mit den Armen und fordert sehr laut: „Raus! Sofort! Oder ich rufe die Polizei!"

„Ruf nur die Bullen!", schreit Paul. „Dann wird sich herausstellen, wer hier der Gangster ist."

Maik packt Paul derb an der Schulter und schiebt ihn zur Tür.

„Ich lasse Ihnen meine Kontaktdaten hier. Wir müssen reden. Es gibt einige wichtige Dinge aus Ihrer

Vergangenheit, die Sie wissen müssen."

„Meine Vergangenheit geht Sie einen Dreck an! Raus jetzt!"

Wir gehen, doch ich verstehe nicht, weshalb sich Maik nicht für seine Vergangenheit interessiert. Er müsste sich freuen, jemanden zu treffen, der ihn von einer Zeit vor dem Unfall kennt und ihm ohne Ende Fragen stellen.

Paul schluchzt: „Alles war umsonst."

„Ja, das ging zum Schluss gründlich schief. Aber wir geben nicht auf, oder?"

Paul fährt sich mit dem Ärmel über die Nase und nickt.

„Hast du eine Idee?"

„Im Moment nicht."

In diesem Augenblick steigt Xenia aus dem Auto.

„Das ist Papas Subaru!", empört sich Paul.

„Und jetzt gehört er mir. Klasse Karre", gibt Xenia zurück und lacht Paul an.

Dann wendet sie sich an mich.

„Schleichen Sie sich in meine Wohnung, wenn ich nicht daheim bin?"

„Wir haben Maik besucht und er bat uns herein."

„Lassen Sie sich hier nie wieder blicken!", keift sie.

„Heißt das, Sie erlauben Maik den Kontakt zu seinen Söhnen nicht?"

„Genau das!"

„Dazu haben Sie kein Recht."

„Ich habe noch ganz andere Rechte. Und jetzt verschwinden Sie!"

„Ich habe Maik besucht", sage ich zu Mia.
Sie schaut mich fassungslos an.
„Paul war dabei."
„Spinnst du? Jetzt gehst du zu weit."
„Ich will dir helfen."
„Ich habe dich nicht darum gebeten."
„Ich weiß."
„Und? Hat er sich gefreut, euch zu sehen?", erkundigt sich Mia sarkastisch.
„Er warf uns raus, als er sich an unseren Besuch im Krankenhaus erinnerte, statt die Gelegenheit zu nutzen, uns nach der Zeit *vor* seinem Unfall zu befragen."
„Siehst du, er will nichts mit uns zu tun haben. Ich habe es gewusst."
Mias Stimme klingt fast triumphierend.
„Er kann sich nur nicht erinnern wegen seiner Amnesie", sage ich wohl zum hundertsten Mal.
„Er tut nur so. Glaube mir! Seine angebliche Amnesie kommt ihm gerade recht. Da muss er sich nicht rechtfertigen und kann sein Lotterleben ungestört genießen."
„Das glaube ich nicht. Er braucht eine Therapie."
„Quatsch!"
„Auch Xenia hält eine Therapie nicht für nötig. Sie will nicht, dass er sich erinnert. Sie sagt, mit Maik

sei alles in Ordnung."

„Sie muss es ja wissen."

„Eine Therapie ist wichtig für Maik, damit er gesund werden und sich erinnern kann. Stell dir vor, sie verbietet Maik den Umgang mit seinen Söhnen. Das darf sie nicht."

„Es spielt keine Rolle, was sie darf und was nicht. Wir haben Maiks Entscheidung zu akzeptieren."

„Und wenn die Jungs ihren Vater sehen wollen? Du kannst gerichtlich ein Besuchsrecht durchsetzen."

Mia schaut mich verächtlich an, als würde ich etwas Schlimmes von ihr verlangen.

„Meine Kinder zerre ich nicht vor Gericht. Wenn Maik sie nicht sehen will, werden sie sich ihm nicht aufdrängen."

„Wenn es aber gar nicht *seine* Entscheidung ist?"

„Was redest du da?"

„Vielleicht nützt Xenia nur schamlos aus, dass sich Maik nicht an dich und die Kinder erinnert."

„Aber er erinnert sich an *sie*."

„Woher willst du das wissen? Vielleicht hat sie ihm das nur eingeredet. Sie war die erste Person, die er nach seinem Koma gesehen hat."

„Vielleicht war sie aber auch die letzte Person, die er vor dem Unfall gesehen hat."

„Wie dem auch sei. Ich habe kein gutes Gefühl, wenn ich an sie denke. Ich mag sie nicht."

„Dafür mag Maik sie umso mehr." Mias Augen wer-

den rot. Sie lächelt gequält. „Was schlägst du vor?"
„Wir erkundigen uns bei deiner Anwältin, welche rechtlichen Möglichkeiten es gibt, den Kontakt zwischen Maik und euren Jungs herzustellen. Bei solch einem Treffen könnten sie mit ihren Handys beweisen, dass sie bis zu seinem Unfall Nachrichten und Fotos austauschten. Darüber wird er nachdenken.

Gegenmaßname

Es ist Sonntag. 10 Uhr bin ich mit Mia verabredet, um mit ihr Xenia aufzusuchen. Die Anwältin hält das für wichtig. Leider darf sie uns nicht begleiten, weil dies gegen §12 BORA verstößt.
Bereits im Hausflur höre ich Schreie wie von einem gequälten Tier. Diese schrecklichen Töne kommen aus Mias Wohnung. Sofort schnürt sich mein Hals zu vor lauter Angst. Ich trommle mit der Faust gegen die Tür.
„Aufmachen! Mia! Mach auf!"
Die Tür öffnet sich einen Spalt und ich stoße sie mit dem Fuß auf, so dass sie gegen die Wand poltert. Mia steht vor mir und schaut mich mit weit aufgerissenen Augen an. Ihr Haar steht wirr zur Seite, sie trägt nur ein langes Shirt, aber keine Schuhe. In der Hand hält sie ein Glas Orangensaft, das sie mit Wucht gegen die Wand schmettert. Die Scher-

ben springen zur Seite und auf den Boden, der Saft läuft die Tapete herunter.

„Ich bin hier", sage ich leise und lege meine Arme fest um Mias Schultern.

Langsam führe ich sie in die Stube. Dort bietet sich mir ein schreckliches Bild: überall liegen Scherben, Bücher, Kleider und zwei umgekippte Stühle.

„Setz dich!"

Ich drücke sie aufs Sofa, fülle Wasser aus dem Hahn in ein Glas und reiche es Mia.

„Trink!", befehle ich. Dann setze ich mich zu ihr, ergreife ihre Hand und flüstere: „Alles wird gut."

Dabei weiß ich sehr gut, dass im Moment nichts gut ist und so schnell nicht gut werden kann.

„Ich will das nicht! Ich kann nicht!"

„Was kannst du nicht?"

Mir ist klar, dass Mia mit der Situation nicht zurecht kommt. Maik ist krank. Sie kann ihm nicht helfen, weil er bei einer anderen Frau wohnt. Doch wenn sie ihren Kummer in Worte fasst, wird es besser. Sie muss nachdenken, nach dem richtigen Wort suchen, ihre Gedanken sortieren und formulieren. Schreiben wäre noch hilfreicher. Aber das passt jetzt nicht.

„Maik!", ruft sie heftig aus. Dann sackt sie wieder zusammen und murmelt: „Wie kann er nur? Ich begreife ihn nicht. Nichts begreife ich."

„Das geht mir genauso."

„Meine Ehe ist kaputt und ich kenne den Grund dafür nicht."

Der Grund heißt Xenia. Sie ist sehr jung, sehr blond, sehr schlank und hat sehr dralle Brüste. Alles Dinge, die Männer ihre Ehefrau und ihre Familie vergessen lassen. Vergessen. Maik hat nicht nur seine Familie vergessen, sondern einen Teil seines eigenen Lebens. Er ist krank.

„Er wird sich an seine Familie erinnern, wenn er wieder gesund ist."

Mia schnauft verächtlich.

„Ich will diesen treulosen Mistkerl nicht mehr." Sie schluchzt. „Aber ich will auch nicht allein sein."

„Wir helfen ihm, sich zu erinnern."

Wieder schnieft Mia und ich reiche ihr ein Taschentuch.

„Im Grunde sollte ich dem Unfall dankbar sein, weil ich dadurch von seinem Doppelleben erfuhr."

„Wir werden mit Maik und Xenia sprechen."

„Musst du dauernd den Namen dieser ... dieser Bitsch erwähnen?"

„Entschuldige! Zieh dich um und schmeiß dich in Schale für deinen Auftritt bei ... bei der Bitsch, der wir heute so richtig einheizen."

Mia lacht hysterisch auf. Während sie duscht, sich anzieht und schminkt, sammle ich die Scherben auf und versuche, den Orangensaftfleck im Flur von der Tapete zu wischen.

Besuch bei Xenia

„Was wollen Sie?"

Xenia stemmt beide Fäuste in die Hüften und steht breitbeinig im Türrahmen. Ganz offensichtlich will sie uns nicht in die Wohnung lassen.

„Mit Ihnen reden."

„Ich will aber nicht mit Ihnen reden. Und tschüss!"

Xenia will mit Wucht die Tür zuknallen, doch ich bin schneller und klemme meinen Fuß in den Türspalt.

„Das ist Hausfriedensbruch", schreit sie.

„Wir können auch hier im Hausflur reden, am besten schön laut, damit die Nachbarn wissen, mit wem sie es zu tun haben."

„Was ist hier los?", will Maik wissen, der plötzlich in der Tür steht. „Oha! Die Zwillinge, alle beide. Wollen Sie gleich im Doppelpack Unruhe stiften?"

„Wir müssen mit Ihnen reden. Mit Ihnen beiden", sage ich so gefasst wie möglich.

„Worüber?", fragt Maik.

„Wir kaufen nichts!", keift Xenia. „Ruf die Polizei!"

„Tun Sie das! Dann haben wir gleich Zeugen und ein Protokoll über das Gespräch."

„Verschwindet!", zischt Xenia.

„Wir kommen in guter Absicht. Es dauert nicht lange."

Mias ruhige leise Stimme löst bei Maik irgend etwas aus. Ob es eine Art Erinnerung ist, kann ich nicht sagen. Auf jeden Fall bittet er uns herein.

„Schuhe aus!", bellt Xenia.

Mia kommt dieser Aufforderung sofort nach, ich nicht.

„Wir sind hier nicht in Asien, sondern in Deutschland. Ich behalte meine Schuhe an."

„Sie sind hier nicht daheim, sondern in *meiner* Wohnung und haben sich zu fügen."

Ich überhöre Xenias Bemerkung und folge Maik in die Stube.

Mia boxt gegen meinen Arm und flüstert: „Musst du so unhöflich sein?"

„Ja, muss ich."

„Sagen Sie, was Sie zu sagen haben und verlassen Sie so schnell wie möglich unsere Wohnung. Sie stören!", bellt Xenia.

„Uns stören Sie auch und zwar gewaltig", gibt Mia zurück und ich lächle ihr zu.

„Ich verstehe nichts. Sie müssen sich schon deutlicher ausdrücken", bittet Maik.

„Dürfen wir uns setzen?"

Maik zeigt auf das Sofa, während Xenia „Nein!" zischt. Ich wähle einen Stuhl in der Essecke und zeige auf die anderen Stühle, als stünde mir diese Einladung zu.

„Ich bin deine Frau", sagt Mia sanft. „Seit siebzehn Jahren. Wir hatten eine gute Ehe."

Ungläubig schaut Maik Mia an.

„Hatten! Die Betonung liegt auf hatten. Aber das ist

lange her. Jetzt liebt er *mich*." Xenia klopft mit der Hand auf ihre Brust, umklammert demonstrativ Maiks Arm und wirft Mia einen hochmütigen Blick zu. „Kein Mensch ist heutzutage so lange verheiratet."

„Falls sich Maik erinnern sollte, dass er seine Frau niemals verlassen wollte, geht die Sache nicht gut für Sie aus." Frostig mustere ich Xenia. „Vorspielung falscher Tatsachen ist eine Täuschung, also strafbar. Der Paragraf 263 sieht dafür fünf Jahre Haft vor."

„Wovon reden Sie?", braust Maik auf.

„Es geht darum, dass Sie vielleicht gar nicht hier wohnen würden, wenn Sie keinen Unfall gehabt hätten."

„Hätten. Hätte. Fahrradkette. Meinen Sie, ich lasse mich einschüchtern?"

Xenia lacht übermäßig laut auf und wirft dabei den Kopf in den Nacken.

Ich wende mich an Maik und duze ihn jetzt: „Du hast mit Mia zwei Söhne …"

„Halten Sie den Mund!", herrscht mich Xenia an.

„Lass sie reden!", bestimmt Maik

„Also: Ihr habt zwei Söhne. Tom ist fünfzehn und Paul dreizehn. Mit ihm war ich neulich hier."

„Tom und Paul. Paul war hier und ist mein Sohn? Warum haben Sie nichts gesagt?"

„Das war schwierig. Paul sagte zu dir, sein Vater habe ihn vergessen und du hast geantwortet, dass es so etwas nicht gibt und dass ihn sein Vater liebt."

Maik fährt mit der Hand über seine Bartstoppeln. Dann stimmt er mir zu. „Ich erinnere mich."

„Wir haben die Heiratsurkunde dabei."

„Na und? Die meisten Paare trennen sich", weiß Xenia.

„Unsere Ehe war gut."

„Die Ehefrauen sind die letzten, die merken, wenn ihr Mann eine Andere hat."

„Das mag sein, aber in Maiks Fall scheint die Situation ganz anders zu sein", antworte ich Xenia und spreche weiter. „Noch haben Sie es in der Hand zu gestehen und Maik in Ruhe zu lassen. Noch habe ich Sie nicht angezeigt."

„Was haben Sie damit zu tun? Halten Sie sich gefälligst raus!"

„Ich spreche für meine Schwester", ich zeige auf Mia, „der Sie in voller Absicht seelischen Schaden zufügen. Vor Gericht werde ich als Zeuge auftreten. Frau Michaleks Anwältin hat die Anzeige bereits formuliert und wird sie noch heute der Staatsanwaltschaft vortragen, wenn Sie nicht einlenken."

„Leere Drohungen schrecken mich nicht."

„Wie Sie wollen."

„Was bedeutet das alles?"

Unsicher schaut Maik erst Xenia, dann mich und zuletzt Mia an.

„Du erinnerst dich seit deinem Unfall nicht mehr an

mich und auch nicht an deine Söhne", antwortet Mia sanft und hebt ihre Hand, als wolle sie diese auf Maiks Arm legen.

Doch sie zuckt wie erschrocken zurück, obwohl Xenias Hand schon lange nicht mehr dort liegt.

Xenia springt auf, läuft zur Tür und reißt sie auf.

„Raus! Wir wollen Ihre Märchen nicht hören."

„Zeig ihm dein Handy! Schnell!", fordere ich Mia auf.

Sie versteht sofort und hält ihrem Mann Fotos und lustige Kurzmitteilungen vor die Augen. Xenia greift nach dem Handy und entreißt es Mia.

„Lass das! Ich will das sehen!", bittet Maik sehr bestimmt.

„Die sollen gehen! Es ist *meine* Wohnung", schreit Xenia.

„Und meine." Auf einmal ändert sich Maiks Blick und er schaut Xenia unsicher an. „Oder nicht?"

„Selbstverständlich." Xenia ringt sich ein gequältes Lächeln ab, doch ihre Augen funkeln böse. „Aber diese Weiber stören. Sie machen alles kaputt."

„Nein, wir wollen all das in Ordnung bringen, was *Sie* kaputt gemacht haben", korrigiere ich.

„Raus!", schreit Xenia.

„Wie Sie wollen", antworte ich hochmütig. „Sie hören zeitnah von Frau Michaleks Anwältin."

Rasch stehen wir auf und verlassen Xenias Wohnung. Hinter uns fällt die Tür krachend ins Schloss.

Frau Schrader hat wie besprochen Anzeige erstattet und uns bleibt nichts anderes übrig, als untätig zu warten, dass endlich etwas passiert. Seit dem Besuch bei Maik ist Mia nervlich am Ende. Mal weint sie stundenlang, mal lacht sie hysterisch und will mit mir ausgehen und mal spricht sie tagelang kein Wort.

Vernehmung

Einen Monat später informiert uns Mias Anwältin, dass Xenia der polizeilichen Vorladung zur Vernehmung nicht gefolgt ist. In Deutschland gibt es keine gesetzliche Verpflichtung, solch einer Vorladung Folge zu leisten und es gibt auch keine strafrechtlichen Konsequenzen, wenn man nicht erscheint. Die Polizei wird jedoch weitere Maßnahmen ergreifen wie zum Beispiel eine Hausdurchsuchung oder Zeugenbefragung.
„Dann kommt Ihre Stunde", verspricht die Anwältin. „Halten Sie Ihre Heiratsurkunde und Familienfotos bereit, auch Gesprächsverläufe auf WhatsApp vor dem Unfall, die eine funktionierende Ehe beweisen."

Kurz darauf erhalten Mia und ich eine Vorladung zu einer Konfrontationsvernehmung im Polizeirevier Erfurt. Bei solch einer Vernehmung werden

Beklagte, Kläger und manchmal auch Zeugen gemeinsam befragt, was es laut Anwältin höchst selten gibt, aber für uns ideal ist. Mich ärgert, dass Maik nicht dabei sein darf. Aber vielleicht ist das ganz gut.

„Warten wir noch auf Ihren Anwalt?", fragt der Polizist.

„Ich brauche keinen", gibt Xenia zurück. „Ich habe mir nichts zuschulden kommen lassen."

„Dann fangen wir an. Über Ihre Rechte sind Sie informiert. Anwesend sind die Klägerin Mia Michalek und deren Schwester Mandy Neumann. Sie werden beschuldigt, Maik Michaleks Amnesie für Ihre privaten Zwecke ausgenutzt zu haben. Sie können sich später zu diesen Vorwürfen äußern, zuerst befragen wir Frau Michalek."

Er wendet sich an Mia und bittet sie, ihre Sicht der Dinge darzulegen.

„Mein Mann und ich führten ein ganz normales und angenehmes Leben mit unseren beiden Kindern. Wenn er außerhalb zu tun hatte, rief er mich an und schrieb mir Kurznachrichten. Als ich unmittelbar nach seinem Unfall ins Krankenhaus kam, saß diese Frau", sie zeigt auf Xenia, „an Maiks Bett. Sie behauptete, Maik sei ihr Mann. Da mein Mann seit dem Unfall an einer Amnesie leidet, erkannte er mich nicht und wollte nicht mit mir sprechen. Patienten dürfen selbst entscheiden, wer sie besuchen darf und wer nicht. Es half nichts, dass ich beweisen konnte, Maiks Frau zu sein. Kurz vor Maiks Entlassung aus dem Krankenhaus ließ diese Frau", wieder zeigt sie auf Xenia, „die Sachen meines Mannes aus unserer Wohnung abholen."

„Stimmt das mit Ihrer Wahrnehmung überein?"

„Im Groben schon", gibt Xenia spitz zu.

„Sie haben also die privaten Sachen von Herrn Michalek aus seiner Wohnung abholen lassen."

„Richtig."

„Was hat Herr Michalek dazu gesagt?"

„Nichts." Xenia verschränkt die Arme vor der Brust. Dann fügt sie hinzu: „Ich meine, er wollte das."

„Wollte er nicht seine Sachen selbst abholen und sich von seiner Frau verabschieden?"

„Nicht, dass ich wüsste."

„Wann und wo haben Sie sich kennengelernt?"

„Vor eineinhalb Jahren. Ich bin Maiks Kamerafrau, wir arbeiten sehr eng zusammen. Ich mochte ihn vom ersten Tag an und habe mich schnell in ihn verliebt. Da hat sich das eben ergeben." Sie lächelt und sagt schwärmerisch: „Maik ist mein absoluter Traummann."

„Wussten Sie, dass Herr Michalek verheiratet ist?"

Xenia nickt.

„Bitte antworten Sie laut und vernehmlich!"

„Ja, das wusste ich."

„Hat er Ihnen gegenüber erwähnt, dass seine Ehe nicht funktioniert und deren Ende in Aussicht gestellt?"

„Wir haben nie über seine Ehe gesprochen. Wozu auch?"

„Hatten Sie den Eindruck, dass er an einer Beziehung mit Ihnen interessiert ist?"

„Natürlich habe ich gemerkt, dass er mich liebt."

„Gesagt hat er es nicht?"

„Er ist ein Mann!", braust Xenia auf. „Sagen Sie Ihrer Frau jeden Tag, dass Sie sie lieben?"

Ein Polizist verkneift sich sein Lächeln, der andere bleibt ernst.

„Hatten Sie Sex miteinander?"

„Logisch." Xenia grinst anzüglich und blinzelt frech Mia zu. „Mein Freund ist unersättlich", prahlt sie.

„Schon vor dem Unfall?", hake ich nach.

„Schweigen Sie!", herrscht mich der Vernehmer an.

„Im Krankenhaus hat sie Maik als ihren Mann bezeichnet, obwohl er mit *mir* verheiratet ist", sagt Mia.

Der Vernehmer weist Mia darauf hin, dass sie erst sprechen soll, wenn sie gefragt wird und dass sie nicht auf Wortklaubereien herumreiten soll. Viele Frauen bezeichnen ihren Freund als ihren Mann, obwohl sie nicht verheiratet sind. Xenia lacht spöttisch und zwinkert einem der Polizisten zu.

„Weshalb unterbinden Sie den Kontakt zwischen Herrn Michalek und seinen Söhnen?"

„Weil er sich nicht erinnert und ihn der Familienkram nur durcheinander bringt."

„Wollen Sie, dass sich Herr Michalek erinnert?"

„Schon. Doch. Andererseits geht es ihm jetzt gut bei mir."

„Besser als bei seiner Frau?"

„Logisch. Mich liebt er, seine Frau hat er vergessen."

„Und das gefällt Ihnen?"

„Logisch."

Logisch scheint Xenias Lieblingswort zu sein.

„An Sie hat er sich sofort erinnert?"

„Sofort. Ich war ja auch die erste an seinem Krankenbett."

Jetzt hat sie sich in die Nesseln gesetzt, denke ich erfreut und rutsche auf meinem Stuhl hin und her.

„Und da haben Sie ihm gleich gesagt, wer Sie sind. Richtig?"

„Klar. Der wusste ja gar nichts mehr."

Aufgeregt nicke ich dem Vernehmer zu und begreife nicht, dass er so ruhig bleibt. Merkt er nicht, dass sich Xenia verraten hat? Nicht Maik hat sie erkannt, sie hat sich als seine Freundin vorgestellt. Und da er sich nicht erinnert, hat er ihr geglaubt, glauben müssen.

„Seit wann leben Sie und Herr Michalek zusammen?"

„Schon lange."

„Geht es genauer?"

„Halbes Jahr oder so."

„Datum."

„Weiß nicht, muss ich nachschauen. Vorher hat er mich oft besucht."

„Auch über Nacht?"

„Logisch. Was geht Sie das überhaupt an? Das ist allein meine Sache."

„Normal schon, doch Sie werden beschuldigt, die Amnesie von Herrn Michalek für Ihre Zwecke missbraucht und seiner wirklichen Familie wirtschaftlichen und seelischen Schaden zugefügt zu haben."

Panisch schaut Xenia um sich und wirkt auf einmal nicht mehr so sicher.

„Wann und von wem haben Sie vom Unfall erfahren?"

„Wir haben gute Kontakte zur Presse, die zuerst am Unfallort war."

„Wann erfuhren Sie von der Amnesie."

„Als ich im Krankenhaus ankam."

„Erzählen Sie!"

„Ich … Ich saß am Bett. Dort war kein Stuhl und ich hockte mich auf den Boden, hielt Maiks Hand und fragte ihn, ob er mich hören kann. Da kam eine Krankenschwester herein und sagte, dass mein Mann wieder gesund wird. Ich solle nicht erschrecken, wenn er mich nicht gleich erkennt. Und da … na, Sie wissen schon."

„Da beschlossen Sie, die Situation auszunutzen und Herrn Michalek falsche Tatsachen vorzuspielen."

„Ich muss nichts spielen. Ich liebe ihn."

„Sie wollten sein wirkliches Leben zerstören."

„Aber nein! Ihm geht es gut bei mir und er kann auch wieder arbeiten."

„Warum genau haben Sie sich Herrn Michalek gegenüber als seine Freundin ausgegeben?"

Xenia schaut schweigend auf ihre Füße.

„Mit einem Geständnis könnten Sie Ihre Situation verbessern."

„Warum? Ich habe nichts getan!"

„Sie unterschreiben jetzt das Protokoll. Letztendlich entscheidet die Staatsanwaltschaft, ob Anklage erhoben wird oder nicht. Ein Geständnis kann die Staatsanwaltschaft dazu bewegen, von einer Anklage abzusehen oder einen Strafbefehl zu beantragen, der ein vereinfachtes Verfahren ohne Gerichtsverhandlung ermöglicht."

„Gericht? Wieso denn Gericht?"

„Nach Paragraf 177 StGB müssen Sie mit sechs Monaten bis fünf Jahre Freiheitsstrafe rechnen."

„Wieso? Was habe ich denn gemacht?"

„Sie haben Herrn Michalek zu Sex ohne erkennbaren Willen genötigt."

Xenia lacht schallend.

„Den brauchte ich nicht nötigen. Der Mann ist unersättlich."

„Das reicht. Als Beweise legen wir die Gesprächsmitschnitte der Familienhandys, die Arztdiagnose und die Heiratsurkunde dem Protokoll bei. Wenn Ihnen nichts mehr zu Ihrer Entlastung einfällt, lesen Sie das Protokoll durch und unterschreiben!"

Auf einmal richtet sich Xenia auf und schaut Mia wutentbrannt an.

„Ich habe alles versucht, ihn zu ermuntern. Er hat es nicht einmal bemerkt. Als ich in einem Hotel splitternackt vor ihm stand, dachte er, ich sei betrunken und warf mir eine Decke über. Das hat mich sehr verletzt. Ich fühlte mich bös abgewiesen und schwor Rache."

„Und sein Gedächtnisverlust gab Ihnen dazu die Gelegenheit."

Xenia nickt und setzt ein deutliches *Ja* hinterher. Doch sie wirkt nicht beschämt, eher verärgert und voller Hass. Triumphierend hebt sie den Kopf.

„Und doch habe ich bekommen, was ich wollte: Ihn. Wir haben in meiner Wohnung eine wunderbare Zeit. Maik ist unglaublich zärtlich und …"

„Es reicht!"

Mia und Xenia unterschreiben das Protokoll.

„Ist es zu fassen? Es war primitive Rache, weil Maik sie abgewiesen hat. Er hatte nie ein Verhältnis mit ihr."

„Hatte. Jetzt schon. Er lebt bei ihr und … Naja, du hast selbst gehört, was sie erzählte."

„Das stimmt. Aber er kann nichts dafür. Sie hat ihn belogen und betrogen und er weiß es nicht."

„Und ich weiß, dass ich keine Chance habe gegen diese raffinierte Blondine. Maik ist verliebt." Mia denkt nach. „Weißt du, wir waren nie ein turtelndes Liebespaar, aber immer ein gutes Team, das gut funktioniert – zumindest bis vor dem Unfall. Ich bin kein Schmuser, Maik war es eigentlich auch nicht. Doch bei … bei Xenia ist er anders." Sie seufzt. „Was soll ich tun? Darüber hat keiner der Polizisten gesprochen."

„Wir holen seine Sachen ab, am besten sofort."

„Wir können Maik nicht wie ein Möbelstück einpacken und mitnehmen. Er kennt mich nicht. Er mag mich nicht. Er wird bei dieser … dieser Person bleiben wollen."

„Möglich", gebe ich zu. „Aber das werden wir nicht zulassen. Wir werden uns Hilfe holen."

Mia hebt unsicher beide Arme und lässt sie wieder fallen.

Der Sozialdienst des Krankenhauses teilt Mia mit, dass ihr Mann eine therapeutische Behandlung ablehnte. Nach seiner Entlassung sind sie nicht mehr für ihn zuständig. Sie empfehlen, die Situation mit seinem Hausarzt zu besprechen, der allerdings nur eine Überweisung ausstellen kann, aber keinen Therapeuten empfehlen darf. Den muss sie selbst suchen und hoffen, dass es einen zeitnahen Gesprächstermin gibt.

Die Therapeutin, die Mia finden konnte, hat leider keine Erfahrung mit Amnesie, aber bereits am nächsten Donnerstag Zeit für das Erstgespräch.

Zuerst glaubte Mia, dass es keine gute Adresse wäre, weil sie im Gegensatz zu allen anderen Anfragen so schnell einen Termin bekam. Doch die Bewertungen im Internet klingen gut und haben alle vier bis fünf Sterne. Um Maik von der Notwendigkeit einer Therapie zu überzeugen, bittet Mia ihren Hausarzt um Hilfe. Den erkennt Maik zwar auch nicht, aber der Arztkittel und das Gespräch sollten helfen.

*****

Leider erfahren wir von der Therapeutin nur, dass Maik zum vereinbarten Termin erschienen ist, aber nicht, ob er bereit ist, mit Mia zu sprechen oder gar zu ihr zurückzukehren. Sie würde sich melden, falls er einer Paartherapie zustimmt.

„Ich halte diese Ungewissheit nicht aus", beklagt sich Mia. „Nichts kann ich tun, um Maik beim Gesundwerden zu helfen. Dieses Nichtstun ist lähmend." Sie denkt nach. „Es ist seltsam. Früher vergingen die Tage wunderbar schnell und ich schlief in der Nacht entspannt und traumlos. Doch heute ist die Nacht endlos. Ich finde keine Ruhe und noch weniger Schlaf."

Erst zwei Monate später teilt uns die Therapeutin mit, dass Mia zu einem gemeinsamen Gespräch in die Praxis kommen darf. Sie nimmt all ihre Fotoalben mit.

„Das wird ihn erschlagen", warne ich.

„Ich werde vor Ort entscheiden, welche Bilder ich ihm zeige. Je nachdem, wie er auf mich reagiert."

Sofort nach diesem Wiedersehen ruft mich Mia an und erzählt, dass alles gut gelaufen ist. Maik erkennt sie zwar noch immer nicht, aber er findet sie sympathisch.

„Stell dir vor, am nächsten Montag wird er uns daheim besuchen. Die Therapeutin ist zwar dabei, was zwar seltsam, aber vielleicht ganz gut ist."

Wieder einen Monat später können wir Maik und einige Sachen aus Xenias Wohnung abholen. Er soll vorerst zur Probe daheim wohnen und nach einer Woche frei entscheiden, ob er bleibt oder zu Xenia zurückkehrt. Mia soll Geduld haben. Ich weiß nicht, ob ich das könnte.

*****

Xenia wird wegen Missbrauchs Schutzbefohlener und Vortäuschung falscher Tatsachen zu zwei Jahren Bewährung verurteilt und 5.000 € Geldstrafe, da sie von Maiks Gehalt lebte, das seiner Frau vorenthalten wurde.

Mias Anwältin hat ihr geraten, eine Unterlassungsklage einzureichen, die Xenia verbietet, sich weiter als Maiks Partnerin zu bezeichnen und Kontakt zu ihm aufzunehmen. Doch Mia befolgt lieber die Empfehlung der Therapeutin, nichts zu erzwingen und die Entscheidung Maik zu überlassen. Das wäre auf lange Sicht der bessere Weg.

Konsequenzen

Maik erinnert sich nicht mehr an all die Kontakte, die er über die Jahre aufgebaut hat. Doch das scheint ihn nicht zu stören. Er hat plötzlich keine Lust mehr, stundenlang Politikern aufzulauern und ihnen immer wieder die gleichen Fragen zu stellen. Auch tagelange Reisen für Reportagen mag er nicht mehr, weshalb er nun im Innendienst arbeitet. Er schreibt und bearbeitet Texte und Drehbücher und ist zufrieden damit.

„Je weniger Ziele ich habe, desto mehr Sinn gewinnt mein ganzes Leben", behauptet Maik. „Mir geht es gut und ich fühle mich wohl."

Xenia war freie Mitarbeiterin und erhält seit ihrer Verurteilung keine Aufträge mehr. Sie meldet sich täglich mehrmals telefonisch bei Maik und oft steht sie direkt vor der Tür, um ihn abzuholen. Dann gehen sie in den Park, ins Café, zum Italiener oder vielleicht sogar ins Bett. Mia geht mit dieser unerträglichen Situation erstaunlich gefasst um.

„Vielleicht kann ich Maik eines Tages verzeihen. Im Moment geht das nicht. Ich bin zufrieden damit, eine Art innere Ruhe gefunden zu haben."

Auf mich wirkt Mia nicht ruhig, sondern gleichgültig und abgestumpft. Ich hätte nicht auf die Therapeutin gehört, sondern von Maik verlangt, dass er sich entscheidet. Für die Familie oder für die Geliebte. Es kann nicht lange gut gehen, wenn er daheim wohnt, sich aber regelmäßig mit Xenia trifft.

Doch als Xenias Anrufe und Besuche aufhören, geht Mia mit einem Mal alles, was Maik tut, auf die Nerven, erst recht, wenn er nichts tut. Alles könnte sich nun einrenken und schön werden, aber Mia will das plötzlich nicht mehr.

„Mich ekelt, wenn er mich anfasst. Ich ertrage nicht einmal seinen Geruch."

„Mia! Er war krank!"

„Und jetzt bin *ich* krank. Ich frage mich, ob er tatsächlich zu mir zurückgekommen ist."

„Aber er lebt bei dir!"

„Doch nur, weil sein Therapeut das will!"

„Sei nicht ungerecht!"

„Er bleibt hier, weil sich Xenia nicht mehr meldet und ihn auch nicht mehr abholt."

„Sie hat begriffen, dass er zu dir und seiner Familie gehört."

„Aber er nicht!"

„Gib Maik eine Chance!", fordere ich. „Xenia hat betrogen, nicht Maik. „Es gibt einen passenden Spruch von Lichtenberg: *Nur der Betrug entehrt, der Irrtum nie.*"

219

„Du mit deinen Sprüchen! Sie sind blanke Ironie und haben nichts mit dem wirklichen Leben zu tun. Du weißt nicht, wie das ist, du hast keinen Mann und erst recht keinen, der mit einer anderen schläft."

Ich weiß wirklich nicht, wie das ist und bin ehrlich froh, keine feste Beziehung zu haben. Das bringt nur Ärger und Kummer und das eigene Leben komplett durcheinander. Ich lebe lieber allein und bin nur für mich und mein Leben verantwortlich und niemandem Rechenschaft schuldig.

„Xenia schwirrt ständig durch meinen Kopf, viel häufiger als damals, als Maik bei ihr lebte. Ich sehe Bilder, wie sie …" Mia fasst mit beiden Händen an ihre Stirn. „Ich werde noch verrückt!"

„Aber du liebst ihn doch!"

„Ich liebe nur meine Kinder." Dann schaut sie mich an und fügt hinzu: „Und dich."

*****

Ein halbes Jahr später erhält Maik eine WhatsApp mit einem süßen Babyfoto. Darunter steht: *Das ist Maike. Du bist der Vater und zahlst ab sofort monatlich 800 € Unterhalt.*

Maik hat ein Kind? Mit Xenia?! Auch das noch! Wortlos hält er Mia die Nachricht hin. Sie lässt sich auf den nächsten Stuhl fallen. Dann springt sie plötzlich auf und boxt mit ihren Fäusten gegen

Maiks Brust. Er wehrt sich nicht, lässt nur müde die Arme hängen.

„Ich wusste nicht …", stammelt er.

„Du wusstest, wie *es* geht, aber nicht, wie man verhütet. Und jetzt? Wie stellst du dir das vor?"

Maik zuckt betreten mit den Schultern.

„Natürlich werde ich zahlen."

„Natürlich", zischt Mia verächtlich.

„So viel Geld!", rufe ich aus.

„Das Geld stört mich weniger, aber ich will dieses Kind nicht jede Woche bei mir in der Wohnung haben. Das verkrafte ich nicht."

Mia rauft sich die Haare und Maik schaut ihr völlig verstört dabei zu.

„Vielleicht hätte ich eines Tages deine Untreue …", stammelt Mia und wischt sich die Tränen aus dem Gesicht.

„Er war nicht wirklich untreu", versuche ich, Maik beizustehen.

Schließlich ist erwiesen, dass Xenia seine Amnesie für ihre Rache ausnutzte. Vielleicht ist auch dieses Kind eine späte Rache. Wie dem auch sei: nun ist es da.

„Ach nein? Wie ist dann sein Kind entstanden? Er hat dieser Person ein Kind gemacht und unsere Söhne haben eine Schwester."

„Halbschwester", korrigiere ich. „Das Kind kann nichts dafür."

„Aber es wird unsere Ehe oder das, was davon

noch übrig ist, komplett zerstören. Xenia wird Maik zwingen, sich um sein Kind zu kümmern."

Vielleicht muss sie ihn gar nicht zwingen. Vielleicht möchte Maik sein Kind aufwachsen sehen. Heute ist das nur noch ein organisatorisches Problem, denn es gibt viele gemischte Familien mit ihren, seinen und gemeinsamen Kindern. Doch weil Maik nicht mit Xenia verheiratet ist, müsste er erst das gemeinsame Sorgerecht beim zuständigen Familiengericht beantragen. Will er das?

„Ich will, dass der Mistkerl auszieht. Am besten heute noch", ruft Mia verzweifelt aus.

Doch Maik zieht nicht aus. Er genießt sein neues Leben mit seinen Söhnen und nimmt sich viel Zeit für sie. Zwar würde er sich auch um seine kleine Tochter kümmern, doch Xenia will Maik ganz oder gar nicht. Sie meint, dass dieses Hin und Her zwischen zwei Familien nicht gut für die Entwicklung eines Kindes ist. Da Maik bei seiner Familie bleibt, lehnt Xenia jeden Kontakt zwischen Maik und Maike ab, vor allem ein gemeinsames Sorgerecht. Sie will nur den ihr zustehenden Unterhalt.

Ist diese hohe Summe realistisch? Dürfen sich die Eltern privat einigen oder legt ein Gericht die Höhe fest? Laut Düsseldorfer Tabelle muss Maik tatsächlich jeden Monat fünf Jahre lang so viel an Xenia überweisen, danach erhöht sich die Somme sogar. Maik ist mit dieser Lösung zufrieden, weil er inzwischen begriffen hat, dass er mit Xenia keine Familie gründen wollte. Er gehört zu Mia und seinen Söhnen und wird nur den festgelegten Unterhalt zahlen.

„Das wird nicht gut gehen", weiß Mia.

Sie ist misstrauisch und glaubt, dass sich Maik und Xenia nach wie vor heimlich treffen, obwohl Maik jeden Abend pünktlich nach Hause kommt und nicht mehr so oft und so lange unterwegs ist wie früher.

*****

Zwei Monate später bummle ich mit Mia durch den Anger, ein Einkaufscenter mit mehr als fünfzig Geschäften und Restaurants. Wir sitzen im Eiscafé, als Xenia einen Kinderwagen hineinschiebt. Mias Gesicht verfinstert sich. Sie steht sofort auf, geht zum Wagen und schaut hinein.

Bevor sie etwas sagen kann, jubelt Xenia: „Sie kommt ganz nach Maik." Dann zieht sie resolut den Wagen zurück zur Tür. „Leider habe ich keine Zeit. Wir müssen weiter."

Das finde ich jetzt seltsam, denn es sah so aus, als sucht sie einen freien Platz, um gemütlich Kaffee zu trinken. Doch ich denke nicht weiter darüber nach.

Später sehen wir Xenia noch einmal, dieses Mal in Begleitung eines jungen Mannes. Er ist so groß und so dunkel wie Maik, aber es ist nicht Maik. Der Mann hat den Arm um Xenias Schultern gelegt und küsst sie zärtlich. Dann beugt er sich nach vorn, streckt seine Hand in den Kinderwagen und strahlt das Baby an. Zum Schluss hebt er das kleine Bündel aus dem Wagen und drückt es an seine Brust, wobei er mit seiner Hand vorsichtig das Köpfchen stützt. Ein sehr schönes inniges Bild, das mich direkt rührt.

Mia packt derb meinen Arm.

„Jetzt weiß ich, was hier nicht stimmt. Der Säugling ist keine zwei Monate alt, eher jünger."

Ich zucke mit der Schulter. Mit Babys kenne ich mich nicht aus, außerdem ist es gleichgültig.

„Na und?"

„Überlege doch mal! Maik wohnt seit fast einem Jahr wieder daheim."

Ich verstehe nicht, worauf Mia hinaus will.

„Eine Schwangerschaft dauert zehn Monate."

„Neun", korrigiere ich.

„Vierzig Wochen, also zehn Monate. Also hat sich Maik weiterhin mit seiner Geliebten getroffen, obwohl er es abstreitet. Jetzt habe ich den Beweis und werde ihn für seine ewigen Lügen hochkantig rausschmeißen. Komm, wir fahren heim und werfen alle seine Sachen aus dem Fenster!"

„Mia! Willst du nicht erst mit ihm reden?"

„Wozu? Es ist genug geredet. Du kommst mit und hilfst mir!", bestimmt sie. „Ich will nicht allein sein mit diesem … diesem …"

„Sag es nicht!", bitte ich.

Maik ist bereits daheim und deckt den Tisch fürs Abendessen.

„Tom hat Volleyballtraining und Paul hockt in seinem Zimmer."

Er legt Mia den Arm um die Taille und will sie zur Begrüßung küssen. Doch sie schlägt seine Hand zurück, dreht sie sich weg und geht an ihm vorbei ins Schlafzimmer.

„Was hast du? Habt ihr euch gestritten?"

„Du verdammter Lügner!", schreit Mia aufgebracht.

„Was ist denn los?"

„Du ziehst sofort aus!"

„Aber …"

„Nichts aber! Du packst sofort deine Sachen oder ich werfe sie eigenhändig aus dem Fenster!"

Mia reißt die Schranktür auf, zerrt einige Jacken heraus und wirft sie aufs Bett. Dabei kneift sie Augen und Mund fest zusammen und sieht zum Fürchten aus.

„Mia! Sag mir, was passiert ist!"

„Nichts ist passiert! Ich habe nur heute den Beweis für deine Lügen gesehen: Maike."

„Aber du weißt doch, dass es Maike gibt. Es tut mir so leid."

„Das Kind ist keine zwei Monate alt."

„Das weiß ich doch."

„Eben! Das heißt, du hast dein Verhältnis zu deiner Kamera-Tussi nicht beendet, als du zu mir zurückgekrochen kamst."

„Doch! Ich schwöre, dass ich nie wieder bei Xenia war."

„Lüge nicht! Das Kind ist dir wie aus dem Gesicht geschnitten."

Naja, für mich sehen alle Babys gleich aus.

„Das kann nicht sein. So glaube mir doch!"

„Kein Wort! Nie wieder! Verschwinde!"

„Ich bleibe. Alles wird sich aufklären. Obwohl es keinen Sinn macht, wenn du mir nicht vertraust."

„Rechne doch mal nach!", bitte ich Mia. „Maik lebt seit fast einem Jahr wieder hier, eine Schwangerschaft dauert zehn Monate und das Kind ist zwei Monate alt. Also geht es genau auf."

„Was geht auf?", fragen Mia und Maik wie aus einem Mund.

„Maik wohnte noch bei Xenia. Das heißt, dass in dieser Zeit das Kind entstanden ist und nicht später, als er längst wieder hier wohnte."

„Wie kommt es, dass du Maik verteidigst? Hast du was mit ihm?"

„Jetzt reicht es aber!", blaffe ich zurück.

„Mir schon lange! Ich ertrage euch nicht. Geht mir aus den Augen! Alle Beide!"

Mia stampft mit den Füßen auf wie ein kleines Kind, stürmt aus dem Zimmer und schlägt die Tür krachend ins Schloss. Wenn es um Maik geht, verliert Mia unglaublich schnell die Beherrschung. Ich weiß, dass sie ihn liebt, obwohl sie das Gegenteil behauptet. Sie ist frustriert und weiß nicht, wie sie seit fast eineinhalb Jahren mit der Situation fertig werden soll: zuerst sein Unfall, die Amnesie, Xenia und nun auch noch das Kind. Seit Wochen spricht sie kein Wort mehr mit Maik, nur, wenn sie auf ihn schimpft. Lange wird er das nicht mehr mitmachen und am Ende genauso verschwinden wie damals mein Vater.

*****

Ich verfasse einen Werbetext für eine Kanzlei für Familienrecht, die sich um alle Belange in der Ehe, der Scheidung und Unterhaltspflichten kümmert. Im Gespräch mit der Anwältin erfahre ich, dass sie auch Vaterschaftsanfechtungen vertritt.
Sofort denke ich an Maik. Er steht in der Geburtsurkunde von Maike als ihr Vater. Da er aber mit Xenia nicht verheiratet ist, hat er keine Rechte am Kind, nur die Pflicht zur Unterhaltszahlung. Mir fällt der junge Mann ein, den Mia und ich im Einkaufscenter beobachteten, wie er so liebevoll Xenia umarmte und so behutsam Maike an sich drückte.
Nach kurzem Zögern erzähle ich der Anwältin die ganze Geschichte vom Unfall meines Schwagers, seiner Amnesie und dass sich seine ehemalige Kollegin als seine Frau ausgab. Maik wohnte bei

ihr bis zu Xenias Verurteilung wegen Vortäuschung falscher Tatsachen. Seit einem Jahr lebt er wieder bei seiner Frau und seinen Söhnen, zahlt aber für ein Kind aus dieser schrägen Beziehung. Seine Frau glaubt, er betrügt sie, da das Kind erst zwei Monate alt ist.

„Heißt das, Sie glauben, dass Ihr Schwager gar nicht der Vater des Kindes ist?"

Ich denke nach.

„Eigentlich nicht. Maik hat ein halbes Jahr bei dieser Frau gewohnt und … na, Sie wissen schon. Sie waren ein Paar."

„Trotzdem rate ich zu einer Vaterschaftsklage."

„Obwohl das Kind rein rechnerisch von ihm sein kann?"

„Reine Vorsichtsmaßnahme. Sie haben mir erzählt, dass die Geliebte ihn täuschte und dafür sogar gerichtlich verurteilt wurde. Es wäre möglich, dass sie zu einem weiteren Betrug fähig ist."

„Das wäre ein Skandal!"

„Und nicht der erste. Wenn Sie wollen, spreche ich mit Ihrem Schwager und vertrete ihn vor Gericht."

Nachdenklich schaue ich die Anwältin an. Wittert sie nur einen Auftrag? Oder interessiert sie Maiks Geschichte wirklich? Wie dem auch sei: Ich werde mit Maik sprechen und ihm raten, die Anwältin zu kontaktieren.

*****

Xenia lehnt ein DNA-Gutachten rigoros ab, was mich sofort stutzig macht. Damit könnte sie doch die Vaterschaft beweisen. Deshalb strebt die Anwältin eine gerichtliche Anordnung an. Da Maik nur das Foto der Geburtsurkunde auf seinem Handy hat, soll er auf Anraten der Anwältin das Original einsehen. Doch auch das möchte ihm Xenia nicht zeigen.

Mit einer Vollmacht von Maik beantragt die Anwältin beim Standesamt die Geburtsurkunde und gleichzeitig reicht sie beim Familiengericht Anfechtungsklage ein.

Da das DNA-Gutachten im Rahmen eines gerichtlichen Verfahrens in Auftrag gegeben wurde, wird das Ergebnis drei Wochen später sowohl dem Gericht als auch Maik und der Anwältin zugestellt. Das Ergebnis schließt Maik eindeutig als Vater der kleinen Maike aus. Maiks Vaterschaft wird aufgehoben, da die Beweise eindeutig sind, dass Maik nicht der Vater ist.

Gleichzeitig beantragt die Anwältin ein Verfahren gegen Xenia wegen Betrugs.

*****

Da Xenia bereits unter einer zweijährigen Bewährungsstrafe steht und nun erneut wegen Betrugs vor Gericht steht, wird das Urteil härter ausfallen.

Als Zeugen sind Maik und Xenias aktueller Freund geladen, der sich als Clemens Schmidt vorstellt. Mia und ich sitzen als Zuschauer im Sitzungssaal. Der Betrug durch die falsche Angabe, dass Maik der Vater des Kindes sei, um mehr Unterhalt zu erzwingen, wird als schwerwiegendes Vergehen gewertet. Da Xenia noch unter Bewährung steht und trotzdem weitere Straftaten beging, verlangt der Staatsanwalt eine Haftstrafe.

Maik sagt aus, dass er die Vaterschaft nicht anzweifelte, weil er tatsächlich eine Beziehung zu Xenia hatte. Er habe deshalb den geforderten Unterhalt von monatlich 800 Euro gezahlt. Erst seine Frau machte ihn darauf aufmerksam, dass das Kind erst nach dem Ende der Beziehung gezeugt wurde. Deshalb ließ er sich anwaltlich beraten und veranlasste ein DNA-Gutachten zur Klärung.

Als nächster Zeuge wird Herr Schmidt aufgerufen. Er versichert dem Gericht seine unverbrüchliche Liebe zu Xenia und zum gemeinsamen Kind.

Bei dem Wort unverbrüchlich muss ich unwillkührlich lachen und stoße Mia mit dem Ellenbogen an. Doch sie verdreht nur die Augen.

Clemens Schmidt wusste von der früheren Beziehung zwischen Maik und Xenia. Erst durch die gerichtlichen Verfahren um die Vaterschaftsklage gestand ihm Xenia, dass er der Vater von Maike sei. Sofort habe er mit Xenias Einverständnis einen Vaterschaftstest gemacht, den er dem Gericht vorlegt. Auch habe er beim Standesamt die Vaterschaft offiziell anerkannt und die Geburtsurkunde des Kindes auf seinen Namen ändern lassen. Er verspricht dem Gericht, Xenia bei der Rückzahlung des unrechtmäßig erhaltenen Unterhalts, der sich inzwischen auf etwa 5.000 Euro beläuft, zu unterstützen. Zum Schluss fleht er das Gericht an, milde zu urteilen und das Wohl der kleinen Maike zu berücksichtigen, für die das Aufwachsen bei beiden Elternteilen von großem Vorteil ist. Clemens muss Xenia sehr lieben, wenn er das Risiko eingeht, für sie quasi zu bürgen.

Offensichtlich ist das Gericht von diesem jungen Mann beeindruckt und scheint auch Xenias Krokodilstränen zu glauben, was mir dagegen schwer fällt. In ihrem dunkelblauen Kleid und den blonden Haaren sieht sie aus wie ein unschuldiges Schulmädchen und wirkt eher wie ein Opfer als eine Betrügerin.

Am Ende wird die Bewährungszeit erneut verlängert, womit keiner der Anwälte ernsthaft gerechnet hat. In der Schlussrede heißt es, Voraussetzung ist, dass Xenia Reue zeigt und bereit ist, den Schaden wiedergutzumachen.

Mir soll es recht sein. Wichtig ist nur, dass Mia und Maik wieder zueinander finden und die unschöne Geschichte rund um Xenia vergessen.

Die eine Hälfte des Lebens ist Glück,
die andere ist Disziplin -
und die ist entscheidend,
denn ohne Disziplin
könnte man mit seinem Glück nichts anfangen.

Carl Zuckmayer

„Das Hotel meines Mannes" ist ein weiterer Roman der Autorin Petra Weise.

Klappentext: Die Türkin Hanife heiratet den Hotelier Henry und folgt ihm ins Ausseer Land. Erst dort erfährt sie von seinen Frauen und Kindern und merkt, dass sie ihn überhaupt nicht kennt. Soll sie ihn so, wie er ist akzeptieren oder sich scheiden lassen und zu ihren Eltern zurückkehren?

Petra Weise wurde 1954 in Freiberg/Sachsen geboren und lebt nach zahlreichen Wohnungs- wechseln durch Hessen und Bayern seit 1993 wieder in ihrer Heimat Sachsen.

Sie liebt das Erzgebirge mit all seinen Traditionen und fühlt sich auch in den Alpen wohl. Wenn sie nicht schreibt oder liest, wandert sie gern durch den Wald oder spielt Klavier.

www.autorinpetraweise.de